THE HONEY YEAR
OF
COMPANION LINE

金鑫 著

驾车翻越多彩亚欧

蜜年侣行

清华大学出版社
北京

图书在版编目(CIP)数据

蜜年侣行：驾车翻越多彩亚欧 / 金鑫著. —北京：清华大学出版社，2017

ISBN 978-7-302-46704-5

Ⅰ.①蜜⋯ Ⅱ.①金⋯ Ⅲ.①随笔—作品集—中国—当代 Ⅳ.①I267.1

中国版本图书馆 CIP 数据核字(2017)第 036781 号

责任编辑：张立红
封面设计：安帛图文
版式设计：方加青
责任校对：石成琳
责任印制：沈　露

出版发行：清华大学出版社
　　　　　网　　　址：http://www.tup.com.cn，http://www.wqbook.com
　　　　　地　　　址：北京清华大学学研大厦 A 座　　　邮　　　编：100084
　　　　　社 总 机：010-62770175　　　　　　　　邮　　　购：010-62786544
　　　　　投稿与读者服务：010-62776969，c-service@tup.tsinghua.edu.cn
　　　　　质 量 反 馈：010-62772015，zhiliang@tup.tsinghua.edu.cn
印 装 者：北京亿浓世纪彩色印刷有限公司
经　　　销：全国新华书店
开　　　本：165mm×230mm　　　印　　张：16　　字　　数：226 千字
版　　　次：2017 年 4 月第 1 版　　　印　　次：2017 年 4 月第 1 次印刷
定　　　价：53.80 元

产品编号：072602-01

自序

很多人问我，当年为什么拿到了"金融第一证"CFA后，我却转身离开了这个遍地是黄金的行业？道理很简单，因为我不快乐。那时的同事全部是男生，他们每天都兴奋讨论着各种数据、财报、以及金融市场的最新动态，就像我们女生聊时尚一样。从他们的眼中我能看出工作带给他们的快乐，可我天天过得却像应付考试一样，强行往脑袋中塞入各种金融讯息。我告诉自己，这不是我想要的生活。努力，最多只能把事情做完、做好；只有热爱，才能把事情做大、做强。

毅然辞职后，我开始旅行，也因旅行而与小北相遇，在不断行走中获取爱的力量。我俩一同穿越人迹罕至的吉尔吉斯斯坦雪山、经历末日般的俄罗斯暴雨、驰骋在激情四射的英国银石赛道。我要感谢小北，是他让我成为更好的自己。他的温和、包容和果敢，坚定了我继续前行的决心。因为他的相伴，我看到了一个更大的世界，完成了自己的第二次成长。

越行走，就越对这个世界感到好奇，也就越发觉自己的无知。渐渐地，在行走过程中，我这个纯理工科毕业的人竟也开始对历史、地理、哲学、宗教产生了兴趣。兴趣成为最好的老师，使我沉迷于阅读，尽情享受书籍带来的愉悦。源源不断"输入"的同时，我有了"输出"的想法，于是就有了这本书。

它讲述了小北和我婚礼后的那场跨越洲际的"蜜年自驾"。希望可以给你带来不一样的感受。

其实，人生就是一场体验。在满足了基本物质需求后，金钱与快乐没有了必然的联系。做值得回忆的事，无须震惊世界，只要自己感动，如此而已。

本书图片由金鑫、瑞瑞王提供。

目录

第一章　梦想照进现实

现在想想当时真是多亏了小北这种勇往直前的劲头，若他也像我一样顾虑重重，肯定一辈子都不会跨出这一步。生活中的确需要有一个人举着大旗，呐喊着"冲冲冲！"，日子才能过得鲜活起来。接下来准备的日子就在小北天天振臂高呼"我准备好啦"以及我一个劲儿担心生怕忘带什么东西的忙乱中快速地滑过……

1.1 也许只是一个梦

2014年5月　乌兹别克斯坦与哈萨克斯坦交界

两个"斯坦国"的国境线上，一个中国女人坐在一辆挂着中国车牌的车子里，显得十分突兀，如同黑白片中突然闪出的亮色——无比醒目又令人疑惑。

烤焦的尘土味儿肆无忌惮地充斥在空气之中，持枪军人面无表情地四处晃动。边境铁门外，等待出关的人们如同烤鱼一样在烈日下煎熬——我就是其中之一，一个坐在车中，同样等待着出关的中国女人。

左右两边的铁网外站立着当地的民众，个个面无表情。身处其中，我感到了无人区般的死寂。

关上车窗，车内是令人窒息的闷热，打开车窗，如同火焰的风，漩涡般地卷入。我的眼球干涩无力地在眼眶中转动，苍鹰、黄沙、铁网、警犬，交替出现在我眼前，似梦非梦。恍惚间依稀记得不远处的两千五百平方公里荒凉的大地上，还埋藏着三百万颗待爆的地雷。

"这简直就是集中营。"车内手台里突然传出辘轳队长的嘟囔。

已经进入脱水状态的我开始怀疑眼前的一切，这到底是什么地方，我怎么到了这里？也许这只是一个梦，也许梦外的我正躺在北京的公寓里开着冷气，盖着被子睡大觉呢……

2014年1月　中国　北京

"记得我在婚礼上说的话吗？"小北一副神秘兮兮的表情。

"你那天说了那么多话，我哪知道是哪句呢？"我一边笑着，一边拿起一片刚刚烤好的吐司放入口中。冬日的阳光洒满了整间公寓——明媚、温和。

　　"上个月的事情，你就不记得了？咱家媳妇脑子果然不太好啊。"没等我开始反击，小北就继续说了下去，"嗯，就是要和你一起看世界的那句嘛，你不会以为我只是随便说说的吧。其实我都计划好了，从北京一路和你开车到英国去。咱们一边开一边玩，最后还能回你读书的利兹大学看看，你不是念叨过想回英国去看看母校吗？"

　　啊？我一时没反应过来，呆呆地看着他。

　　"嘿！"小北兴奋地摸了摸我的头，"我们要开车去英国啦！"他一边重复着，一边习惯性地揉着我的头发，像是要把这个爆炸性消息揉进我的脑子里。

我突然感到有点喘不过气来。开玩笑吧？一起开车去英国？开车去？？？

"早就知道你这小脑袋容纳不了这么大的信息量，没你想象得那么远，我算过了，三个月的时间足够了。我们就沿着古代丝绸之路开，会经过很多有意思的地方……"

小北抱过地球仪，兴致勃勃地将计划好的路线指给我看。敦煌、布哈拉、希瓦……一个个令人心驰神往的名字好像是被施了魔法般地舞动起来。小北手指划过的这条行进路线穿越了亚欧，直抵英国利兹——那个终日阴沉却令我无法忘怀，常在梦中出现，却从来没在现实中想到会真的再回去的城市。

只有我们两个人么？一路的安全怎么保证？那么多签证怎么办？一系列问题都涌了出来。

"至于现实中怎么具体操作，你不用担心，我下个月就带你去见见组织里的人。"啥组织，我怎么一下子就成了有组织的人了？

1.2　初见"大人物"

2014年2月 中国 上海郊区 绿房子

逃出北京雾霾，我顿时周身都舒坦起来。扑面而来的露水与青草混合的味道令人神清气爽。四周大片的绿色使我略感酸胀的眼睛一并放松下来。

好一片世外桃花源。什么样的高人会选择如此避世清幽的住所呢？怀着极大的好奇，我快步走入绿房子，打算一探究竟。

首先迎出来的便是这里的男主人，也就是小北口中组织里的"大人物"——轱辘。眼前人身材清瘦，三七开的发型，因常年日晒而偏黑的脸上挂着一副斯文的眼镜，服帖的衬衫外加一件学院风的背心——不经意的显露出轱辘文化人的气质。

轱辘显得有些腼腆，下意识地搓了搓手心，指了指院子中一群忙于架机器、打灯光的工作人员告诉我们，他平常不是这样打扮的，全是因为今天要拍摄一部MGCC宣传片才被拾掇成这副模样。

"嗯，我倒是觉得你现在这幅样子比平日里中看许多呢。"随着悦耳的声音，一个清秀、灵动的女子也迎了出来，"你们就是小北和八金半吧，正等着你们呢。" 瑞瑞——轱辘的灵魂伴侣，既有南方女孩的娇俏，又有北方女孩的伶俐，天生就带着一种让人喜欢的特质。

这两位便是 "一起开车去英国"活动的发起人。轱辘是MGCC中国总经理，原汽车文化媒体人，复旦大学高材生。瑞瑞是MGCC中国创始人之一，已与轱辘一起完成自驾周游全国，目前计划将范围扩展至全世界。小北正是看到他们的宣传，才萌生了一起开车去英国的想法。

轱辘虽是个60后，内心却保有热血青年的激情。和他聊上一会儿，你就会发现：年轻，不是指生命中的一段时间，而是一种向日葵式的生活态度。对有些人来说，从来没有年轻过；而对另一些人来说，从不曾老去……

在小北和我真心赞叹轱辘将梦想变为现实的激情与干劲时，他却无奈地表示，其实很多时候追求梦想会显得自私自利，并不被世人理解。

轱辘认为，人分为两种：一种是有理想的，另一种是有梦想的。有理想的人代表了社会主流的价值观，他们常常看不起有梦想的人。他的一位亲密导师就曾痛心地质问过他那些看起来不着边际的梦想到底对社会有什么贡献？在这样的疑问声中，轱辘也一度自惭形秽，但后来他发现若不坚持心中的梦，又怎能对得起自己的一生？怎能死而无憾呢？如果每个个体的梦想都能实现，至少社会的幸福度会大幅增加。

我思考了一会儿，慢慢说道，"梦想是一种支撑人生存的动力。它的本质就不是为了实际，而是为了给我们的人生带来快乐和意义。在为实现梦想而努力的过程中，所有的坚持都有价值。在我看来，人生最重要的，不是名誉，不是金钱，而是浪漫的人生。这种浪漫没有一定的定义，也毋须与爱情挂钩。当我们把平凡变得不平凡，这就是浪漫。"

听完我的话，辘轳和瑞瑞眼中闪过惊喜。事实上，辘轳的梦想在现实中是如此孤单，当他发起一起开车去英国的活动时，开始响应者很多，但最后都是说"我真想去啊，可是……"，这"可是"后面总有无懈可击的现实理由。

要实现辘轳的亚欧远征梦必须凑够三辆车六个人，否则国内协助方不予提供支持。此时，小北和我是否能参加成了关键。

辘轳说他一直都记得当初打电话给小北时的情景。小北是他公布了行程和费用后预约报名的人中唯一没有退缩的，他只是简单而坚定地回答："我去。"

"你们不知道当时辘轳感动地心里都湿掉了。"瑞瑞在一旁偷笑道。

辘轳是发梦者，瑞瑞则是那个理解辘轳梦想，一起并肩面对现实的最大的支持者。当瑞瑞确定真的要开车去英国时，便迅速着手处理由于长时间旅行可能带来的一系列现实问题，大到事关生计的公司业务，小到绿房子里鸡鹅狗羊的生活安排。

瑞瑞眼中的辘轳是不可替代的"那一位"。当两人驾车驰骋时，瑞瑞经常会婉约地用歌词表达自己的心声——"你是我的眼，让我看见这世界就在眼前！"

多么棒的一对旅伴！此行有了这对佳人的陪伴，无论过程怎样曲折，都注定是一场无憾之旅。

1.3 探险家的百年梦想之路

从满洲里出境，穿越西伯利亚的路线无甚新意且有人走过。我们这次打算尝试另一条更令人热血沸腾的路线——古代丝绸之路：在横跨中亚和土耳其后，从希腊渡海至意大利北上，进入欧洲，再从德国一路向西，经法国抵达英国。事实上，这条路线是瑞典探险家斯文·赫定心中的梦想之路，我们将要替他实现这百年之梦。

百年前的赫定目睹了丝绸之路最萧条的时代：人口凋敝，商业奄奄一息，见不到一点生机，一路上除了废墟还是废墟。他强烈呼吁那时的中国政府将丝绸之路重新复苏，并使用上现代交通手段，打通这条世界上最长公路的交通动脉——这条连结着太平洋和大西洋这两个大洋、亚洲和欧洲这两块大陆、黄种人和白种人这两大人种、甚至于中国文化和西方文化这两大文明的道路。

赫定曾欢喜地畅想：在不久的将来，一个旅行爱好者可以驾着自己的汽车从内地出发，沿着丝绸之路一路向西。这将是地球上最好不过的一次旅行——以最近的路线穿越了整个古世界的横断面。

赫定相信，待到归来时，旅行者的头脑中会充满了各种回忆：风景如画、人潮涌动的中国内陆；戈壁滩边缘上的绿洲；敦煌和楼兰之间的神秘大漠；野骆驼那孤寂荒凉的故乡；游移的湖泊和刚在河岸上重新长出的植被。旅行者也许会被亚洲腹地的夏日烤得发烫；会被沙暴那鬼哭狼嚎般的怪声和带来的麻烦所烦扰。不过，他们必定会庆幸自己留下了对另一个世界的记忆：撒马尔罕帖木儿时代所建的华丽清真寺和陵墓、悠然有序的西方生活。最终，勇敢的旅行者会站在大西洋海岸上，任凭那清新的海风吹透塞满沙尘的肺叶，满心欢喜。

1.4　面签竟要拼力气

路线制定完成后，进入处理实际问题的阶段。首先要面对的，就是繁琐的签证问题。这一路，我们要经过吉尔吉斯斯坦、乌兹别克斯坦、哈萨克斯坦、俄罗斯、格鲁吉亚、土耳其、希腊、意大利、奥地利、德国、法国、英国，共十二个国家，需要办理八个签证。

上海兆歌文化传播公司为车队提供国外自驾旅行的全程服务并协助办理签证，免去我们不少麻烦。不过，吉尔吉斯斯坦大使馆要求必须派出车队代表进行面签。

吉尔吉斯斯坦只在北京设立了大使馆。身在帝都的小北和我义不容辞地担任起代表全车队拿下面签的重任。

面签那天，我们按照预定好的时间赶到位于京润水上花园的吉尔吉斯斯坦大使馆，只见门口聚集了黑压压的一大片人，全无秩序。原来吉尔吉斯斯坦面签不排号，完全遵循自然界弱肉强食的法则，谁力气大先挤进去，谁就先面签。

面签者几乎清一色都是要去吉尔吉斯斯坦修建道路的我国建筑工人，个个身材壮硕。最前面的几个工头已经占领了门口，一边大声地吆喝着自己人的名字，一边相互推挤着队伍中的其他人。

我顿时看傻了眼，兆歌特意从上海派来的签证协办员小金也没想到会是这个局面，他抱歉地看着我们说："你们回车上休息一会儿吧，我来挤，快到了就给你们打电话。"

望着门口那些壮汉的背影，我不禁为小金捏了一把冷汗。几个小时后，小金一脸沮丧地告诉我们今天挤不进去了，后天早上需要再来一趟。拼力气，我们必然处于劣势，为了抢占天时，我们决定下次天不亮就赶过来。

当我们再一次按照约定的时间站在吉尔吉斯斯坦大使馆门口时，四周静悄悄的连一个人影都看不见。在我和小北得意之时，小金像个地下游击队的民兵一样突然出现在我们面前，做了个噤声的手势。随后把我们拉到一边，低声告诉我们，他五点就到了，已经被院子里的保安撵了几次，刚才正躲在对面的小洋楼的台阶后观察情况。

原来我们之所以能够顺利进入小区是因为开着私家车，而大部分来面签的建筑工人，都被挡在这个小区的门外等待，他们必须等到八点半大门打开才能进入。我们此时的行为相当于是不光彩地加了个塞，所以保安会时不时地过来赶人。正在交谈之时，保安又一次出现，我们赶紧跟着小金在附近一同打起了游击。

随着开门时间的不断临近，小北的表情越来越严肃。我习惯了他平常笑眯眯的样子，现在见到他换成另一副面孔，感到十分别扭。仅仅为了签证，感觉像准备打群架似的，可我们又没有更好的解决办法，只得入乡随俗，姑且把它看做一次中亚游历的特殊体验吧！

八点半，使馆的门露出了一丝缝隙，潜伏在四周的人群像集体接到了最高指示，全都涌了过来。幸好，小金排在第一位，可瞬间就被挤过来的人群左右夹住，动弹不得。门虽然打开了，但谁都无法向前，全部挤在门口，踩踏事件眼看就要发生。关键时刻，小北双手使劲向前一推，愣是硬生生地把排在前面的小金拍了进去，算是闯过了"入门关"。

捂着由于受惊而乱跳的小心脏，我环顾了一下签证处。一间小小的房子，规模还赶不上一般的街道居委会，四五个人进去后基本就被占满了。更夸张的是，整个吉尔吉斯斯坦大使馆竟然只有一个面试官进行面签。汗……怪不得办公效率不高。

面签过程倒是不复杂，签证官只是简单询问了车队成员的工作情况，就没再说什么，只是一个劲儿地翻看我们递上去的护照。在此期间，屋内的我们可以持续听到外面人群骚动的声音此起彼伏，以至于签证官不得不几次中断面签跑出去维持秩序，甚至威胁外面的人，再这么混乱他就停止今天的签证工作。

我不禁在心里嘀咕，设个取号机不就全解决了么？这么混乱还不是由于他们的安排不合理导致的。虽有这种想法，我也不敢乱说什么，生怕把已经十分不爽的签证官惹怒，将我们车队集体拒签。大约过了半个多小时，在得到可以离开的示意后，我们又是一顿暴挤，才费力地挤出使馆大门。

几日后，小金在电话里告诉我们，他在使馆等到半夜十二点多才取到大使加班为我们手写的签证。听到这个消息，我低下头看着自己手臂上，在上次的推挤中蹭出的淤青，一时慌了神。对将要到来的旅程，我第一次有了些许担忧……

1.5 父母在，不远游

无论是婚姻、事业，还是梦想，父母可能是我们最大的支持者，也可能是最大的阻拦者。

老妈平日里就经常对我说，要在最美的年纪做最想做的事情，不要等到七老八十终于有钱有闲的时候再去完成所谓的梦想，因为那时即使身体条件勉强允许，很多事情做起来也不是年轻时候的那个味道了。

当知道了我们打算开车去英国后，她第一个跳出来表示支持。可看到我把一摞厚厚的行车计划拿出来，开始喋喋不休地叨叨起每日的行驶里程数，总旅程长度，所需行驶天数时，老妈眼里的光渐渐暗淡下来。

她反复地询问是否每天都要开这么远的路？那些很少有国人涉足的中亚国家到底安不安全？我终于意识到在这场旅途中的每一天，我们的父母将面临不安的等待……我们的安全如何得到充分保障是他们最担忧的问题。

这是一场漫长的未知之旅。在这种情况下，所有口头上的保证都是空话，我们唯一能做到的就是在通讯条件允许的情况下，第一时间向父母报平安。

庆幸的是，小北和我的父母比中国大多数父母都要民主。即使他们并不太明白我们为什么要冒着风险，花那么大力气，开到那么远的地方去，但都表示只要我们真的做出了这样的选择，他们就会在我们身后，默默支持我们的每一步前行……

旅行这件事对不同的人来讲，意义完全不一样。它带来的大多是无形的东西，可能是见闻，或是与众不同的感悟。对于某些人来说，无形的东西等同于无价值，可对于我和小北来说，这才是生命中最重要、最有意义的"独家记忆"。正因为拥有了这些记忆，我们的生命才拥有不一样的色彩。

临行的前几天，老妈故意安排了很多事情，显得十分忙碌。我知道她只是不想让我看出她的担心，只能用假装忙碌来掩饰。此时的我终于不得不承认了轱辘的那句话：在追逐梦想的过程中，我们经常会显得自私自利……

1.6　这辆车也能开到英国吗

当告诉朋友我们要开车去英国时，被问得最多的就是"你们打算开哪辆车？"

开始的时候我也不太清楚，当小北隆重向我推荐"小三"时，我真不敢相信我的眼睛。这不就是几个月前，他给婆婆买的"买菜车"么，这车还能开到英国？

那时婆婆刚退休，小北怕她太闷，给她买了辆MG3（后来被我们亲切地称为"小三"），想让她学学开车，增加一点人生乐趣。可婆婆对这新玩具一点都不感兴趣，练过几次后，就把它打入"冷宫"。可怜的"小三"只能天天趴在楼下吃灰。

没想到现在小北竟然打起了它的主意。不光是我，几乎所有人都对小北打算把"小三"开到英国表示不理解。公公背着手围着楼下的"小三"左三圈、右三圈地转了好几趟，然后迟疑地蹦出六个字："就这车？去英国？"

面对一片质疑声，小北信心满满地列举了选择"小三"的几大理由：

首先，此次远征的高潮就是在英国银石赛道参加MG90周年庆生派对，若能把系出英国MG的"小三"开回娘家，一路上势必会受到各国MG俱乐部会员的热情接待，有利于更好地融入当地文化。

第二，本次活动是由MG俱乐部发起，上汽集团提供支持。选择MG为座驾，一旦出现任何问题，上汽都不会坐视不理，一定会全力协助我们解决。若是开其他牌子的车，肯定不能得到同等的技术支持。

第三，MG3省油且不挑油，一路上既可节约不少油钱，也不容易因为油的质量差而出现故障。进入中亚后，油的品质可能会出现大幅下降，有些地方甚至需要套上丝袜过滤细沙，对油品要求较高的高档车并不适合这样的旅程。

第四，它个子小，好开好停，到了停车难的欧洲大城市，挂上空挡后，顺手轻轻一推，即可轻松完成人工移车。

第五，"小三"是家中所有车子里最新的，在途中出现故障的几率很小。

最后，小北觉得"小三"车价实惠，一趟亚欧穿越下来，对车子的损耗很大，路上磕磕碰碰是再正常不过的事情，MG3的价格可以让我们安安心心享受旅途的乐趣，不至于稍有剐蹭，就心痛不已。

听完这一条条充分的理由，我还是隐隐地觉得什么地方不对，小三真能顺利把我们带到目的地吗？天天这么几百公里跑着，安全问题是头等大事，一旦出现问题，那可是人命关天呢。

"这车安全性能如何？智能系统可以精准显示潜在风险么，如果出现胎压低之类的问题可以自动显示出来吧？"我凭借自己过往那点可怜的汽车知识胡乱问了几个问题。

"智能系统没问题，"小北拍着胸脯保证，"再说不还有我呢吗，真有什么技术问题，解决起来那是分分秒秒。"看着他信心十足的样子，我的疑虑被打消了。

后来才知道朴素的"小三"根本就没什么自带智能检测系统，至于小北的修车技术，只能用"呵呵"来评价了。当时的他还偷偷在为自己从没换过轮胎担心呢！

就这样，小北、我、"小三"就像三个初级玩家一样，从头开始，边走边学，一路打怪，一路升级。

现在想想当时真多亏了小北这种勇往直前的劲头，若他也像我一样顾虑重重，肯定一辈子都不会跨出这一步。生活中的确需要有一个人举着大旗，呐喊着"冲冲冲！"，日子才能过得鲜活起来。接下来准备的日子就在小北天天振臂高呼"我准备好啦"以及我一个劲儿担心生怕忘带什么东西的忙乱中快速地滑过……

我放下手中的相机，试着去用最原始的感官与大自然沟通。渐渐地，行云流水间，万物映在眼底，我也悟到：唯有用自己的眼睛、自己的心才能真正领略到这个世界的极致之美。"你未看此花时，此花与汝同归于寂；你来看此花时，则此花颜色一时明白起来，便知此花不在你的心外。"

第二章　横穿中国

2.1　风云变幻二十里

2014年4月24日

特意挑选了这个日子出发，是因为黄历上明明白白标记着"今日宜出行"。我们虽不迷信，但也想为这漫漫征程开个好头。

清晨，我钻进"小三"，心里七上八下，不敢多看一眼后视镜中的妈妈，害怕一瞬间丧失所有的勇气。

龙应台说，"所谓父女母子一场，只不过意味着，你和他的缘分就是今生今世不断地目送他的背景渐行渐远。你站在小路的这一端，看着他逐渐消失在小路的转弯，他用背影默默告诉你：不必追。"

有些残酷的话语道出了事实。只是我还想再加上一句："不必追，定回来！"

当开出了雾霾缭绕的北京城，望着身旁不断后退的树木，歌声在耳边响起，"Home's behind, the world ahead"（家园已在身后，世界尽在眼前）。

一口气开出几百公里，天空变得高而澄清，透过车窗可以看见路边的树篱顶着新发的枝叶，快速向后倒退，嫩绿的枝丫在风中中摇摆，散发着藏不住的生机。望不到尽头的公路在轮下展开，自由自在的感觉令人振奋。

路上车子不多，路面宽阔平坦。我在副驾驶的位置上再也坐不住了，很想在这个特殊的日子尝尝尽情驰骋的滋味。小北平日里就不喜欢坐我开的车，总是感觉我的技术不过硬。今天可是亚欧自驾出发的大日子啊，等再过两天与大部队在西安会合后，估计凭我的技术再没机会碰方向盘了。此时此刻就是我今后能得瑟一辈子的唯一机会。

在我半央求半威胁下，小北极不情愿地腾出了主驾位置。换了位置后，双手握住方向盘的我好不得意，感觉自己成了像风一般的女子，帅气的不得了。

好景不长，只一个转弯，康庄大道变成了崎岖山路。不知从哪里冒出了好几辆大货车，齐刷刷地向我们的"小三"挤过来。天啊，我今天出门可是看了黄历的啊，难道不准？

"前方右侧500米，应急车道，慢慢并过去！"小北强做镇定地指挥着。

我顺着他说的方向，一点一点将车子向右移。趁着一辆货车减速的空档，赶忙钻了出去。

当我把车子停稳后，才发觉手心全是汗水。身旁的小北一脸惨白，欲哭无泪地对我说："你还是歇歇吧！"

看了看里程表，我才行驶了10公里。这十公里果真成了万里亚欧远征中我唯一驾驶的路段。为了着重突出它，我决定给这段路配个霸气的名号——"风云二十里"！

2.2　西安——丝绸之路始于此

两天的单车行驶中，我们两个贪睡的家伙都是睡到接近中午才启程。离开前选了个特色地标，摆好造型，咔嚓咔嚓连拍几张，让"小三"和自己露个脸。平遥古城的千年街道，气势磅礴的壶口瀑布都被我们一一收录在了镜头之中。

与此同时，大部队的三辆MG载着轱辘、瑞瑞、糖糖和司长从上海出发，一口气开出750公里，以日夜兼程的节奏奔向集合地——西安。

2014年4月27日 西安

3000年前，西安的商人永远不会知道由他们的商队往西运送的无数大捆丝绸最终去向何方。对他们来说，重要的是从第一个转手人那里拿到货款。几经辗转，这些贵重的货物不停地被转手送往更远的地方，直至罗马。罗马贵族用丝绸打扮自己的妻子和女儿，却根本不知道如此受欢迎的织物源于何方。

3000年后的我们将从丝绸之路的起点——西安开远门遗址出发，挑战那曾经辉煌繁盛的传奇之路。车队的四辆MG做了统一的装饰：前机盖和车后窗上都绘制了十分拉风的英文路线图；车身贴上流畅的红黄线条以及可以标明身份的六角形MGCC会标；各个赞助商的logo被别具匠心的安排在了车子的各个角落。整个车队在改装后显得十分抢眼。

一队韩国观光团率先围了过来："你们要开去英国？"他们惊诧地喊了起来，目光中流露出钦佩。会说汉语的领队积极地向我们询问各种细节，而一旁心急的韩国游客则直接指着前机盖上的地图，用生硬的英文与我们确认行进路线。

不一会儿，西安当地的人也聚了过来，"这些车子要从这里开到英国去！"这句话不断地被周围的人重复着。从阵阵的感叹声中可以听出疑问、羡慕，甚至与我们一同上路的冲动。

以前的我们常常感动于别人的故事，当自己成为他人口中的传奇时才发现，那些貌似惊天动地的大事，并没有那么遥不可及，与自己不过是相差一个勇气的距离。

2.3 聊得来的朋友才能凑在一起吃泡馍

车队的第一顿集体餐，我们选择了西安的羊肉泡馍。在美食达人瑞瑞的亲自传授下，我努力将手中的馍一点点掰成尽可能小的模样。这可真是个功夫活。据说当地人都是边聊家常边掰馍，等把馍掰成标准的黄豆大小时，半个小时的光景也就过去了。所以，能约着一起来吃羊肉泡馍的都是聊得来的朋友，最起码也要是相看两不厌的，否则掰馍的时间会很难熬。

车队队员之间不算太熟悉，大家到底是不是聊得来，谁也不清楚。利用掰馍的光景，队员们相互攀谈起来。糖糖，60后，自称"最不像上海男人"的上海男人，身形魁梧、性格爽朗。一次偶然听到电台里播出MG一起开车去英国的消息后，他便迅速购入一辆MG6。一切准备停当后，糖糖才用邮件联系轱辘。邮件中，糖糖坚定地表达出对此行的向往之情。他的邮件核心就是"我有车、有时间、也愿意付出金钱，我是势在必行"。哈哈，要不是大家双手都在忙于掰馍，此处应有掌声。糖糖的这种冲劲和热情已经很难在中国的中年男人身上看到了。

"我还不算什么，张老和张太才更牛呢！"糖糖抖了抖手上白馍的碎屑，继续跟我们聊起了将与车队在喀什会合的另一对50后，来自广州的夫妻档——张老、张太。

张老、张太退休后用自己全面改装的长城车周游了全国，接下来的计划就是要到世界上所有车子可以到达的地方去看看。他们的车子上专门放了两辆折叠自行车，只要遇到风景优美的地方，就停下来，取下自行车，骑上一段，活动一下筋骨，身体力行地履行着他们的人生格言——"快乐每一天"。二老用自己的实际行动告诉世人，无论什么年纪都有让梦想照进现实的可能。

聊到自驾这个话题，轱辘特别有兴致，"自驾最妙的是你有更多的机会碰到与我们平日里截然不同的状况，有些事情真的可以让你看到人性最本真的东西。"接下来，他讲了一段和瑞瑞周游全国时的亲身经历。

"去嘉荫的路上，路况极差，我们与一辆伊春的车相互帮助。千斤顶、工兵锹都用上了。后来，伊春车不行了。伊春大哥让我们先走，并且告诉我们前面二三十公里有个村子。如果我们能到那个村子，麻烦请人来帮助他们。无奈之下我们只得继续上路，结果不到两公里再次陷入泥坑，周围找不到石头和树枝帮助，甚至为了减重，卸掉了所有行李，可车轮仍只能在泥潭里打转。这时来了一辆拖拉机，我赶快上去求救。这是一对鄂伦春母子，儿子用我们听不懂的语言与母亲商量了几句，就跳下拖拉机，俯身趴在泥地里，摸索车头底下的拖车钩。见我车头戳在泥里，怕拉坏了，又把拖拉机绕到车后，把车倒拉出去，再绕到车前，终于将车拉出了泥坑。整个过程几乎没有一句话。等车拉出来，他坚决拒绝我们的酬金，只是告诉我们此路车辆稀少，若不是自己一周一次上山拉水，我们可能还要等待很久才能碰到人。当得知两公里外还有一辆车陷住了，拖拉机绕过了上山的路。突突突地向我指的方向开去了。"

瑞瑞顺着轱辘的话题，又补充了他们另外一段自驾经历。2007年10月，瑞瑞和轱辘在甘南桑科草原的一个前不着村、后不着店的地方发现汽车水箱开锅了。当时没有经验，后来才知道进高原的汽车常会有这个情况。正当他们手足无措时，来了两个骑摩托的藏民，穿着看起来油喷喷的藏袍，嘟囔着听不懂的藏语往车窗里看。瑞瑞紧张得将车门锁住，躲在车里不敢出来。过了一阵，藏民走了。他们赶紧重新发动车子，想离开这个危险的地方。可车子没开出几百米又开锅了，只得再次停车。这时又从远处传来突突突的摩托声，那两个藏民开着摩托又呼啸而来，离得还很远，就冲着他们喊："水、水！"原来，藏民看明白了他们的问题，回村子装了一桶水过来帮助他们。当时瑞瑞特别惭愧，觉得自己很对不起这两位藏族同胞。

大家的经历让我和小北这对自驾菜鸟听起来特别新鲜。时间过得飞快，外面的天已经黑了下来。手中的馍早就掰完了，看着我碗中的成果，大家都笑了。那大大小小的馍块无一相同，大小可相差十倍之多。

"卖相不好，吃起来味道都一样的。"我这样安慰着自己，起身穿过大堂，来到盛汤的窗口。窗口里面放着一口直径一米的大锅，正呼呼冒着热气。羊肉泡馍的讲究全在汤里，必须做到汤清肉烂。这锅汤一卖完，店家就关门，不会再随便兑开水糊弄客人。

一会儿功夫，肉香扑鼻的泡馍连同刚刚听到的关于自驾那些事便一同被我装进了肚子。

2.4 "桃花沟"李大爷的幸福生活

当导航蹦出"桃花沟"三个字的时候，正在疾速行驶的车队决定临时在此休息片刻。自驾游最大的特点就是灵活性十足。只需有大的方向，具体路线和停车随时可以凭心情作出调整。尤其在车队规模不大的情况下，只需一人用手台发起提议，基本上其他队员都会积极响应，一同去发掘"美丽的意外"。

桃花沟，一听名字就是个山清水秀的好地方。车队在路边的观景台旁刚停好，一位当地的老大爷就立刻走上前来向我们兜售土特产。他的小篓筐里放着干货，身后的铜火锅里炖着茶叶蛋。大家对土特产没什么兴趣，但香喷喷的茶叶蛋看起来十分诱人，全队一人来了一颗。

大爷是个喜好聊天的开朗人，告诉我们自己姓李，家住观景台下面的东岔村。平日里随便在山上挖挖野生灵芝、天麻之类的就足以维持生计。看得出李大爷对自己目前的生活状态十分满意。聊得开心时，大爷盛情邀请我们去他们村里住上两天。他表示可以弄个网，带大家到河里抓鱼。头天晚上下网，第二天上午收，保管能逮着鱼。虽然时间不允许我们在此小住，可李大爷的热情打动了车队每一个人，我们仿佛已经吃到了那鲜美的河鱼。

像李大爷这样心满意足、脚踏实地的生活，也是人生一大幸事。梦想没有高低之分，正所谓："你爱你的自驾游，我爱我的大鲜鱼。"其实都是一样的。

2.5 去英国，你们咋堵在天水了

告别李大爷，前方车子变得拥堵起来。没过十分钟，车队完全停了下来。天水大堵车！高速公路已完全陷入瘫痪，所有司机都熄了火下车聊起天来，看这架势没几个小时是不会疏通的。

这条路上跑的都是些大块头的货车，像我们这样进行了统一装扮的车队自然特别醒目。看着我们车盖上这长长的英文路线图，货车师傅们问得最多的就是："这是去哪儿啊？"

小北不急不慌地吐出两个字："英国"，本以为会像往常一样收获一片惊叹和赞扬声，谁知其中一个哥们，用怀疑的声音问道："啥？英国？欧洲那个英国？那你们咋和我们一样被堵在天水这块了呢？"围观的人们下意识地跟着点了点头，一同向小北投去了不相信的眼神，认定小北是个吹牛大王。小北一看多说无益，干脆就闭上了嘴，脸上滑下无数条黑线。之后，这一幕便成了车队里的经典段子，大家只要一提到此事，就止不住笑得前仰后合，而那句"去英国，你咋被堵在天水了"也成了我们相互打趣的一句暗语。

半个小时过去，道路仍没有疏通的迹象，我们决定转向改走国道。在我的理解中，能称得上国道的，即使没有长安街那么气派，至少也得是平平坦坦的柏油马路。结果从高速上转下来，一片沙土扬起，害得小北差点跟丢车队。由于年久失修，这条国道大部分已露出土层，车子所经之处黄沙滚滚，即使与前车相隔不远，也只能根据车内的联络手台确定相互的位置。

没怎么见过这种状况的我十分开心，用五音不全的嗓子大唱"你是风儿，

我是沙，缠缠绵绵走天涯……"全然不顾小北不时抛来企图镇压我歌声的幽怨小眼神。一路伴着黄沙与歌声（如果勉强可以称得上歌的话），我们终于在下午4点之前赶到了麦积山。

这座酷似麦垛形状的麦积山上被凿出密密麻麻的无数洞穴用以供奉神像。

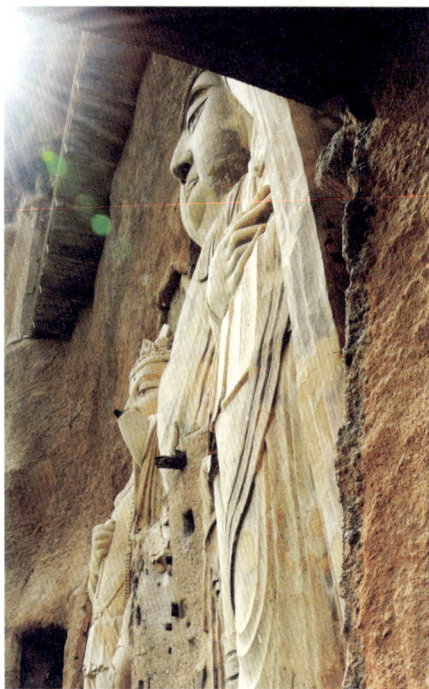

洞中佛像身材区别很大，大的高达十余米，小的仅为他的百分之一。大多数的洞窟都被封了密实的铁网，我们只能从小小的网眼中窥知一二，又赶上光线不足，所能欣赏到的精彩实在有限。

虽然各个洞口前有为了游人通行特意凌空架起的木制栈道，可走在上面还是感觉脚下悬空，让人胆战心惊。

单单走完这贴山而建的悬空栈道，就足以让我印象深刻。当年的古人若不是怀着坚定的朝圣之心，定是完成不了在这陡峭山壁上开洞建佛的艰巨工程。现代人若是拥有此等信念，不要说开车，单凭走怕是也能走到英国去了。

2.6 "吃货"遇警察

对待美食，车队信奉"走过、路过、不能错过"的原则。瑞瑞是我们中顶尖的美食达人，带领全队不放过每一处佳肴。她不仅会做、会吃，还有对着美食一顿狂拍的癖好。仗着一副怎么也吃不胖的好身材，她咆哮着"不吃到肚圆决不罢休"的口号辗转于各色美食之间。平日里不爱对事物做出评价的她，一提到吃，立刻可以拉着你口若悬河地讲上三天三夜。

"别以为你们平常在家门口吃的兰州拉面就是兰州特产。我告诉你们，清汤牛肉面才是正宗。这面讲究个一清二白三红四绿五黄，就是汤清、萝卜白、辣椒油红、香菜绿、面条黄亮，缺一不可！"这不，还离着兰州二百多公里呢，瑞瑞就已经开始通过手台对其他队员进行美食普及了。

按原计划，车队要在兰州留宿一晚，但由于近日兰州的强沙尘暴天气，大家决定跳过此处，多开出300公里，直达武威。路过美食而不尝，绝不是车队的风格。为了传说中的那一口"中华第一绝的拉面"，大家一致同意，绕上百来公里，冲入兰州，快进快出，吃完就撒。

本来事情进展很顺利，我们快速地找到了漂着辣油花的正宗兰州清汤面，心满意足地吃到凸肚，又在黄河边嬉戏了一番后，准备驶离兰州。谁知我们的"小三"和糖糖的车却意外地被警察截住了。

一位年轻的警察示意我们靠边停车，看了小北和糖糖的驾驶证后，不满地说："你们怎么把车的外观改成这样了？"

原来，在相对封闭的中国西部城市，改变车身颜色是被明令禁止的。我们的车队虽没有改变车子本身的颜色，但贴了醒目的装饰线，的确与出厂时的外观有很大出入。

糖糖一边递上有关车队宣传的VCD，一边解释："您好，我们这是要把车子一路开到英国去，代表中国进行文化交流。"

小警察看起来似乎并不买账，他用手拍了拍我们"小三"的车顶，"代表中国？那你这车顶干嘛喷个英国国旗？"

"这车是英国的品牌，我们一路开去英国，就是要参加它在英国举办的90周年庆典。"小北耐心解释道。

这时，一位年纪略大的警察走了过来，看样子像是这里的头儿。从他的脸上可以看出西部汉子特有的硬朗与沧桑。他看着我们的车子，眼睛亮了一下，伸出手摸着前机盖几乎已被黄沙盖满的地图，自言自语地说道："真带劲！"说完便转过身去，利落地给我们开了一张罚单。

这是一张特殊的罚单，既没罚钱，也没罚分，只是一份简单的认错书。老警察半开玩笑地说："鉴于你们的特殊情况，改变处罚方式。请每日朗读此认错书三遍。走吧，把这认错书也带到英国去吧，让它有个不一样的经历，路上请注意安全！"说完他郑重地向我们敬了个礼，将认错书递给我们，然后豪气地挥挥手，将车子放行了。从反光镜中，我看到他始终凝视着远去的我们……

2.7　美女是第一生产力

真实的生活很多时候更比文学还富有戏剧性。在我们鼓动拥有印刷厂且单身出行的糖糖出版一本讨论丝绸路上各国俏佳人的文集后不久，一位倾倒众生的异域妙妇在大家没有一丝防备的情况下出现了。

事实上，小北和我并没有亲眼见到这位绝顶妙人。仅凭事后，几位亲历者的描述就足以让我恨不得立即调转车头奔回武威，一睹佳人风采。

当时的情况应该是这样的：

清晨，武威街头，除我和小北外的所有车队成员（我俩此时正赖在被窝里）随着空气中的飘香寻到北关市场。天才蒙蒙亮，此处已人声鼎沸。

武威特色早餐——"三套车"只有在这个市场才吃得到。所谓的"三套车"是由一碗行面，一杯茯茶，一份大肉组合而成。大肉是实打实的满满一大盘。茯茶是由红枣、桂圆、枸杞、苹果慢火熬制，微微发甜。放凉后搭配粗狂的行面和大肉一起吃，堪称绝配。

整个集市中，卖"三套车"的摊位为数不少，但只有一家人特别多。只看了一眼，车队里的男队员们便不肯离去了。只见摊位上端坐一女子，闹市之间，如一朵白莲独自盛开。用轱辘的话说，"她只要待在那里，男人们便可更卖力地吃着、笑着、生活着了。"

仙儿一般的女子发觉多了几位新的崇拜者，起身轻盈走了过来，"四位，要多少大肉？"看来她已料定这单生意跑不了了。

"半、半斤吧。"轱辘犹疑了一下。这一大早的能吃下多少肉呢？

"够吗？"佳人只淡淡的一句，瞬间让三位大男人冒了汗，生怕要的少了不足以显示其男性雄风，让佳人瞧不起。

"一斤。"糖糖掷地有声地回答道。

"好的。""三套车"西施嫣然一笑，转身回了摊位，仔细挑选了一块熏肉，细细地切了起来。

一旁的糖糖、轱辘、司长低声地感慨，如此这般的女子若生在大城市，真不知怎样了得。瑞瑞在一旁看到这些人一脸怜香惜玉的表情，不禁觉得有些好笑，再回过头去细细打量眼前这位正在切肉的的女子，她专注的神情似乎不是在为食客准备早餐，而是用心在为爱人制作极致美食。阳光洒在她的身上，勾勒出金色的轮廓，将她与周围一切嘈杂隔绝开来。

当我坐在车里吃着几位队友特意为我和小北留下的香喷喷的大肉，从手台中听着他们绘声绘色讲述的"艳遇"，不禁感慨这"三套车"西施确实厉害，既能用外表吸引人们的注意，又能用手中的肉填饱人们的肚子，既清雅脱俗，又服务于人间烟火，绝对是男人们的最爱。

接下来的几日，只要大家感到开车乏力时，就会搬出"三套车"西施聊上两句。以此提神，效果绝对强过红牛。

"美女是第一生产力"，这条定律全世界都适用。大学期间，我曾去过朝鲜进行文化交流，一同陪行的人介绍说朝鲜女生最向往的职业是当女交警。那时平壤街口的红绿灯大多只是个摆设，根本不会亮。司机的行与停，全要听从女交警的现场指挥。考虑到司机基本都是男性这一情况，只有最漂亮的女生才会被选中成为女交警，她们的高颜值是顺利执行任务的有力保障。在朝鲜，由于大家都是吃公粮长大，长得漂亮竟成了一种责任。漂亮的姑娘会被称为"长得有良心"，若是不够美的女生，会被无辜斥责为"长得没良心"。

我从不相信只看心灵美的论调，女人本就是优雅的代名词，我们就该好好利用这与生俱来的优势。身为女人，不管在什么情况之下，都要注意自己的容貌、身材、言行、举止。"爱美"不是一件肤浅的事情，能够常年保持"美丽"的女子，都是对自己和生活有很高要求的人。变美不是坐在那里想想就可以达到了，"保持美丽"的背后通常需要付出很多努力，为了保持好的身材，你不知道美女们跑了多少公里，流了多少汗；良好的谈吐举止同样不是一蹴而就的，那些你读过的书，走过的路都会在日后一一显现在你的一言一行之中。

保持美丽不是一件简单的事，但也绝不是可望而不可及的，我们只需从身边的一点一滴开始做起。当你坚持不下去的时候，请问问自己，一个连自己都打理不好的女人，又怎能打理好她的人生？

2.8 防晒——女生自驾的头等大事

一路向西的旅程听着无比浪漫，可每天长时间日晒和超干燥的空气，令我十分头疼。这是我的蜜年之旅，本人实在不想天天用一副被风吹日晒摧残得惨不忍睹的脸去迎接爱人的目光。

"真爱是灵魂的对话"这种话，我直接屏蔽掉了。干嘛放着最容易打动对方的脸不好好保养，老去一个劲儿地挑战摸不着看不见的东西。再说，精神层面的共鸣又不是一朝一夕能达到的境界，完全可以放到以后将要共度的漫长岁月中去慢慢培养。

根据过往的旅游和自驾经验，我准备了几大防晒美颜法宝：

第一大法宝是防晒面具，我承认这是骑自行车大妈的专利（但我也在杂志上看到过范冰冰顶着它出行呢）。西域的毒辣日照可不是一般往脸上抹的瓶瓶罐罐防晒品所能抵抗的。我天天坐在前排副驾驶的位置，只有这家伙能贴心满足我360度全方位防晒需求，这顶类似于电焊工面罩的东东简直成了我的救命稻草。防晒、透气、又不影响我欣赏风景，只是长时间戴在头上会令头部不适，为此我又进行了小小的改良。将它倒着戴在柱状的抱垫上，使用时只需将抱垫抱在胸前，无需将面具戴在头上，就可遮住阳光，既舒服又方便。

第二大法宝是可折叠车窗遮光膜，优点是轻巧，遮光率几乎100%，但使用时注意不要挡住驾驶员的视线。

第三大法宝是晒后修复面膜，身兼保湿、修复双重功能，每晚使用，保证肌肤水当当。

第四大法宝就是迪奥的防晒粉饼。它使用方便、可随时补防晒，美肤效果一流，是增添魅力值的心机小法宝。车队进行中，时常会停车拍照，有了它，可以迅速让你从面红耳赤，热汗淋漓的红脸关公变身为粉雕玉砌的小美人儿，堪称驾车女性出门之必备良品。

2.9　向前看，莫回头

一路西行，日照时间不断加长。这对于自驾者是个极大的福利，路上行驶的时间可以变得更加从容。时常到了晚上八点多，我们还顶着硕大的太阳，一路狂奔。此时的太阳看起来十分温和，四周散发出奇异的光晕，这很容易让人出现幻觉，仿佛自己是终年日不落的异星上孤独的探险者，举目的荒凉与四处游荡的龙卷风更给身边的场景增添了几分诡异的气氛。不时出现在路边的野生骆驼群，不同于我们想象的那样高大强壮。由于无人管理，它们身上斑驳的皮毛如同生了皮肤病，让人看了不太舒服。

无人维修的长城遗迹，若不仔细辨认，很容易被人误解为普通的土墩子。即便是赫赫有名的"中华第一墩"，从外表来看，也不过是个普普通通的黄土墩，但它周围的景致却给我们带来了极大的惊喜。"第一墩"位于垂直的悬崖边，远处是终年不化的雪山。悬崖下融化的雪水汇成的讨赖河呈现出无比梦幻、水晶般晶莹剔透的蓝色，成为粗狂的大漠中一道绚丽的色彩。

我想走到对岸的悬崖上看看，可
两边直上直下的悬崖仅凭一条摇摆不
定的木质吊桥连结。空旷之地无遮无
挡，肆虐的朔风将我们吹得几乎不能
直立行走。此时要通过这狭长的吊桥
似乎不是明智之举。我一小步一小步
费力地移到吊桥边向下望去，陡峭的
悬崖像被刀子直刷刷地劈开一般，目
测至少70余米的崖高，令人目眩。过
还是不过，这是一个问题。

不由自主地开始颤抖的双腿出卖
了我的恐惧，正在犹豫之时，小北快
步越过了我，低声说了句"跟上"，
便晃晃悠悠踏上吊桥。一瞬间，我便
不再犹豫，坚定地跟了上去。不敢抬
头看前方还有多长距离，只专注于自
己脚下的木板，一块一块又一块地向
前挺进。我紧紧攥住吊桥的铁索，封
闭了自己所有的感官，无视木板缝隙

间透出的奔腾激流，屏蔽掉耳边怒吼
的风声，脑海中只是反复出现两个字——向前！

走过最后一个木板，我抬起头往回望。由于风力过大，并不纤细的铁索桥
左右摇摆得十分明显，在苍茫的背景下显得异常脆弱。我长出一口气，看来在
这场旅途中我增长的不仅是见识，还有胆量。

2.10　莫高窟隐秘的性文化

莫高窟，这名字听起来神秘感十足，充满西域风情。"窟"是山洞的意思，由于四周沙漠地形低，唯这一处沙漠突兀，故称为漠高窟。又因"莫"与"漠"古时通用，如今传为"莫高窟"。

莫高窟距离古代丝绸之路南北的分界点敦煌城不远，许多奔波于丝绸之路上的商人为了祈求前路的顺利、生意的发达，纷纷在这儿许愿开凿石窟，请民间艺人绘上心中崇拜的神灵形象。从十六国到元朝，莫高窟的开凿一直沿续了10个朝代。

未到莫高窟，我们先被路边指示牌上的几个大字吸引了注意力——"敦煌性文化博物馆"。据说这类博物馆是私人所办，在敦煌为数不少，通常只是打着性文化的噱头，没什么意思。可大家还是觉得好奇，干脆亲自一探究竟。

烈日当空的正午，除了我们几个，没有其他人光顾。卖票的小姑娘同时充当博物馆的解说员。进入主展厅，墙壁上展示着莫高窟里关于性方面的仿真壁画，如裸体飞天、猴子手淫图。展厅正中是男女合体修炼的欢喜佛，做男女二人裸身相抱之状。

我不禁感到奇怪，莫高窟是个佛教圣堂，怎么会出现这样的展品？解说的姑娘看出了我的疑惑。她娇羞地笑了一下，解释道，"古人的'食色性也'，'饮食男女，人之大欲存焉'，饮食和性同等重要。我们的祖先很坦然。敦煌莫高窟里的文化资料反映了古代人民生活的真实场景，也表现了人的本'性'。这是涉及每一个人的切身事儿，无需回避"。

随后，她又向我们介绍了发现于莫高窟藏经洞中专门描写和歌颂性生活的《天地阴阳交换大乐赋》，其作者是唐代大诗人白居易的弟弟白行简。当时是汉唐时期，非常开放，完全能够客观地去面对这一关系到人类繁衍的议题。虽然这里展出的大多都是仿制品，但也算满足了我们探索古人性文化与性观念的好奇心。

　　真正的莫高窟是庞大的庙群，一座窟就是一座庙，内塑神像。整个莫高窟拥有4万多平方米壁画，3000多身彩塑。远远望去，密密麻麻的窟就像井然有序的"蜂巢"，排列于峭壁之上。

　　正值五一假期，来参观的人特别多。经过了漫长的等待后，我们被一名莫高窟的专职工作人员带领着走向"蜂巢"。洞窟都按顺序编号，像门牌似的。工作人员熟练地称呼"××窟"，如同描述家庭地址一样。

　　外面的太阳炙热而耀眼，走进洞窟第一个感觉是黑，第二个感觉就是凉快。所有洞窟为了避免损坏，都不装灯，大家只得围着工作人员的手电筒转。工作人员告诉我们，当一批游人进窟后，洞内温度、湿度、二氧化碳浓度顷刻上升。游人走后，所有异常指标几天内都无法下降。前些年，有些洞连门都没有，人们出入自由，给这些古老的洞窟带来了极大的损坏。如今，某窟些特级洞窟要敦煌研究院院长亲自批准才能入内。为了保护洞内文物，每个洞窟的参观人数都被严格限制。即使远道而来，每位游客可参观的洞窟数量也只有7到9

个。窟内使用了进口仪器来检测各种数值，数值一旦超标，这个窟就要被暂时封闭起来，等待数值回落后，才能再次开放。

当眼睛适应了窟内的光线后，我随着工作人员的讲解开始细细欣赏。这些壁画看起来像一幅幅连环画，大多数描绘的是佛教经典故事。有意思的是窟内壁画往往不止一层。在一千多年的历史中，后人往往把前人绘制的壁画用泥土覆盖，再画上新的壁画，这使得相当多的洞窟内形成了数层壁画的奇观。

"性文化博物馆"的解说员曾提到莫高窟的465窟是关于古人性事的绝密之窟，我们婉转地向这里的工作人员提出想去那里看一看。工作人员摆了摆手，告诉我们那个窟在石窟群的最北处，要用一把专门的钥匙开门，这把钥匙在敦煌研究院院长手里，不对公众开放。见我们有些失望，她又安慰了我们一句，那465窟里面原来供奉着欢喜佛，解放初期就被捣毁了。壁画上那些男女相拥的图形，年代久远，轮廓模糊，也没什么可看的了。我们想了想，之前误打误撞也算观赏过了部分复制品，就算现在让我们看到真迹，恐怕也不会觉得有什么区别，索性就老老实实地跟着工作人员继续按原计划游览。

我们的运气并不差，今天的例行游览路线中包括了16、17窟。这两窟是著名的藏经洞所在。在洞窟主室，设有佛坛，四周饰有宋代绘制的壁画。19世纪末，一位王道士清理这个石窟时，听到轰鸣之声，发现甬道内北面墙壁出现裂缝。王道士敲了几下发现里面是空的，便试着打掉壁画，看见里面出现了一扇小门，小门后是一间约十米的密室，里面堆满数不清的经卷、文书、绘画，共五万余件。这就是后来所谓的藏经洞，即现在的17号窟。

以前这里的僧侣们为了保护经书免遭战火，就将其藏在这个小窟中，封闭了窟门，又在外面糊上泥巴，画上壁画，一晃儿这个秘密就被保存了九百多年。不幸的是，在藏经洞被发现后不久，欧美列强便肆无忌惮地从这里抢走了4万多件敦煌文书。

当年发现密室的王道士，曾以及其低廉的价格将敦煌文书卖给外国人，算是中华民族的罪人，但又传闻他十分清廉，所得款项全部用来维修濒临坍塌的莫高窟。同时，那些购买或抢走敦煌文书的"洋鬼子"，将文书运回各国的博物馆。由于他们先进的设备和技术，这些古文书得到了妥善的保管。英国、法国率先公布了古文书，给整个东方学的领域都带来了莫大的进步。在历史的长河中，对与错的界限变得模糊起来，这也许就是所谓的"福祸相依"吧。

2.11　西出阳关

我原来并不知阳关和玉门关是什么关系，只是在唐诗"劝君更尽一杯酒，西出阳关无故人"和"羌笛何须怨杨柳，春风不度玉门关"中知道了这两个令人心驰神往的名字。到了后来才知道阳关位于敦煌市西南七十公里的"古董滩"上，因坐落在玉门关之南而得名。它们是丝绸之路上通西域、连欧亚的重要门户，出敦煌后必须经过两个关口的其中之一，才可进入茫茫戈壁大漠。

在阳关，我们看到了丝绸之路的鼻祖——张骞的雕塑。只见他骑着骏马，威风凛凛。据史书记载，公元前138年，汉武帝派遣张骞率领一百人组成的使团，经阳关，出使月氏（古代的大宛国，现在中亚的费尔干纳地区）。目的是打算联合月氏，共同去与匈奴作战。张骞没有圆满完成其外交使命，却被匈奴囚禁十年之久，历尽艰辛，重返故里。但他向汉武帝呈上一份出使见闻报告，报告里详细记录了哪些线路可以通向西域诸国、印度、波斯，甚至遥远的里海地区。

气喘吁吁地爬上重建的阳关城楼，我抬头赫然见到四个大字"东望长安"。想必千年前即将远嫁西域的中原公主都会在此处做最后一次回首。转到城楼的另一侧，在相同的位置不出意料地看到"西通楼兰"的字样。顺势望

去，城墙以外，所见之处除了荒凉还是荒凉，眼前是两千年来不曾改变的景象……

乘上专车，我们深入沙漠腹地。一片浩瀚沙海，没有人烟，绵延无际。驶上一处高地，向导用手一指："前面就是古董滩，当年的阳关就在那里。"

原来我们辛苦跋涉来看阳关，可真正的阳关早已不复存在。唐末，阳关渐废。随着时光流逝，流水冲击，风沙蚕食，关毁城灭，故有"阳关隐去"一说。

虽然古代的阳关消失了，但眼前的这片古董滩也足够令大家激动不已。相传这里埋藏着一位远嫁公主丰厚的嫁妆，随手就可捡到古代钱币、兵器、装饰品、陶片等，所以当地人有"进了古董滩，空手不回还"之说。当我们开玩笑般试探着说也要进去淘几件宝贝时，向导严肃地告诉我们，国家已经立法，进入古董滩拾古董属于非法行为。大家只得悻悻地打消这个念头。

从古董滩返回，车队趁着天还没黑，拍摄了一组西出阳关的视频。在镜头中，我们的MG汽车代替了昔日的驼群，在金色夕阳的笼罩下，缓缓驶向远方，奔向太阳的中心。空旷场景映衬下的车队显得那么孤单、那么微不足道，想到正是这一群微小到可以忽略的我们却要沿着世界上最长的公路不断向前，穿越沙漠、草原、雪山，跨越洲际时，我差点把自己的眼泪感动出来。

看完拍摄的样片，大家的情绪似乎都有些激动。辘轳想起临行前与年近八十的老父亲告别的情景，当时父亲只是说道："这样好，这样你就比别人活得精彩！"辘轳的父亲年轻时在北京工作过，那是他离家乡最远的距离，现在儿子走这么远，他既欣慰又担忧。如同很多的中国父母一样，老父亲从不善于表达感情，在辘轳下楼时，猛然抬头看到住在三楼的父亲隔着玻璃久久地凝视着他，眼里似含泪花。

糖糖则在一旁想起了他的太太。糖太太不喜欢到处奔波且有生意需要打理，所以没能一起参加这次远征，但她特别支持糖糖这种自驾爱好。糖太太贴心地表示只要糖糖看到了好的风景，就等于她自己看到了好的风景。

得知到达阳关这天正巧是糖太太的生日，大家突发奇想决定一起拍张"敬礼照"，向糖糖的太太，也向我们每一位成员的亲人们表达由衷的谢意。没有他们的支持，我们今天无法站到这里。

抬手敬礼之时，眼前的落日正沉入西方的地平线，黑夜就要来临，但我们无所畏惧，因为明日新的景象必将随着初升的太阳，张开双臂拥抱我们的到来。

2.12 无法用相机记录的风景

再往前，就是星星峡。星星峡四面峰峦叠嶂，一条S形的山路蜿蜒其间，大有"一夫当关，万夫莫开"之势。从地理上来讲，它是一堵院墙，过了院墙就算是入疆了。

过了星星峡，沿途的景色变得更加苍凉开阔。这种大气的美诱惑我频频举起手中的相机，想把震撼的景色全部用照片记录下来。轱辘看到我在不停地拍照，不禁莞尔。他告诉我，有些风景可以用相机记录，比如九寨沟的色彩、比如江南小镇的婉约，唯有这类大漠风光是无法通过照片分享的。

这种心得源于他十年前第一次来到新疆，看到如此壮美的大漠风光，也同我一样不停地拍拍拍，可回去后发现一张平平的二维照片根本无法重现所见到的浩瀚大漠。轱辘思考后的结论就是：我们拥有的这双眼睛就是为了要看，只有它们能辨析出灰黄大漠的层次，领略它的延绵不绝，只有身处其中才能体会出看似单调、重复的景象中孕育着的强大力量。

轱辘心思缜密，遇事爱思考，经常会说出一些与众不同的见解，大家开玩笑说他是远行必备款。我们从他的话语中，得到了很多收获。旅行的过程就是学习的过程，有缘遇到这样独具见解的旅伴，实属幸运。

在他的影响下，我放下手中的相机，试着去用最原始的感官与大自然沟通。渐渐地，行云流水间，万物映在眼底，我也悟到：唯有用自己的眼睛、自

己的心才能真正领略到这个世界的极
致之美。

　　"你未看此花时，此花与汝同归
于寂；你来看此花时，则此花颜色一
时明白起来，便知此花不在你的心
外。"

　　用心与世间的风景交谈，风景怎会在我的"心外"？相机，不再那么重
要，它不过是眼的笔记而已。每一个被我"看见"的刹那，都值得全情投入，
因为它让我感受到了美；每一个当下，都需要我用心体会，因为它会稍纵即
逝——稍纵，即逝。

2.13　五千公里的"地下长城"

　　临近吐鲁番，轱辘在手台里反复提到"坎儿井"的这个名词。他告诉我
们车外快速闪过的一个个不起眼的圆土包便是被称为 "戈壁滩生命之源"的
"坎儿井"。

　　随后，瑞瑞提醒我们，车队将在此处停留，参观坎儿井博物馆。我心里泛
起了嘀咕，就一个井，至于浪费大家宝贵的时间去参观么？肯定很无聊。结
果，在没抱有任何期望的情况下，我却被这项看似不起眼的工程震惊了。

　　这是一条总长5000公里的"地下长城"，正是由于它的存在才使得这个年
平均降水量仅有16毫米，蒸发量却达到3000毫米的"火洲"变身成为孕育无
数生命的绿洲。吐鲁番地面水源非常缺乏，但每当夏季，大量融雪和雨水流向
盆地，汇成丰富的地下水源。人们利用坎儿井把地下水汇聚到地表进行各种农
业生产。

　　我们刚刚在路上看到的那些土包只是坎儿井的一部分——竖井口。这些

井口并不像传统的井口那样用来取水，它是建造坎儿井暗渠时运送地下泥沙的通道，也是送气通风口。越靠近源头竖井就越深，最深的竖井可达90米以上。每隔20到70米距离就有一口竖井。一条坎儿井，竖井少则10多个，多则上百个。

暗渠（地下渠道）才是坎儿井的真正主体，我们在地面无法看到，只有通过截面图和博物馆内的实物模型来了解。它的作用是汇聚地下水，一般由低往高处挖，这样水就可以自动流出地表。暗渠一般高1.7米、宽1.2米，短的100—200米，长的长达25公里。暗渠的挖掘异常辛苦，全部是在地下进行。工人在狭小细长的地下黑暗空间内作业，暗渠越深空间越窄，仅容一个人弯腰向前掏挖。天山融雪冰冷刺骨，而工人掏挖暗渠必须要跪在冰水中挖土，因此长期从事暗渠掏挖的工人，寿命一般都不超过30岁。

如果不是这次的旅行将我带到这里，我根本无法想象表面毫不起眼的"坎儿井"竟是如此浩瀚的工程。通过旅行中的不断学习，我们可以更详尽地知道活在别处的人做过什么，了解他们在我们未曾降临的过去是怎样与大自然的严酷进行抗争而顽强存活下来。我们当然可以选择只是轻松随意地去四处看看美景或是吃吃美食的那种旅行，但如果能够带着好奇的心和好学的精神上路，必定会得到更大的收获。

我原本是一个对历史、地理、哲学都不太感兴趣的理科女生，可随着去过的地方越来越多，我开始对自己生活的星球越来越好奇，想知道它到底是怎样的面貌、怎样的构成，同时也想知道这个大千世界是如何演变成今天的样子。有了疑问，自然会开始翻阅各种地图册、人类史以及哲学书籍以寻求解答。

兴趣是最好的老师，一开始没有兴趣不要紧，当你见识的多了，想知道的自然也就多了，慢慢地你甚至会对原本觉得枯燥的学科产生浓厚的兴趣。这是一种很奇妙的转变，不用着急，只要你肯迈出家门，拥抱这个世界，你就会发现一个更精彩、更有趣的自己。

2.14 比起艾丁湖，火焰山算什么

抵达艾丁湖之前，车队先经过了火焰山。我们没在这里特意停留，因为知道这座被写进神话故事中的火焰山已经成了人造景区，景区内不过立了几座西游神话人物的雕塑罢了。

沿着火焰山旁的国道驶过，透过覆盖了一层薄灰的车窗，我看到整座火焰山的山体微微发白，没有像传说中那样火焰般的炫红。中途休息时，听当地人说，这山会随着气温升高而变红，温度越高则越红。只有在7、8月份酷暑的时候，火焰山才能真正变成火红色，我们来早了。

驾车继续前行，开始还能看到遍地的庄稼瓜果，越接近艾丁湖，越能感觉到路两边的荒芜。等抵达艾丁湖时，只剩下光秃秃的盐碱地。这里是世界上海拔最低的内陆，也是中国最干燥的地方。眼前的艾丁湖，除西南部还残存很浅的湖水外，大部分是皱褶如波的干涸湖底，触目皆为银白晶莹的盐结晶体和盐壳，阳光映照下，闪闪发光。

亿万年前，艾丁湖曾是个近5万平方公里的内陆海。碧波粼粼，湖光山色，美丽诱人。可斗转星移，沧海桑田，现在湖盆四周已变成如今这幅摸样。

由于鲜有游客到访，这里几座貌似接待客人的建筑都空着，落满灰尘。小北刚停好车，便有一队人向我们走来，领头的是当年参与此处最低点测绘的程

工程师。程工告诉我们，徒步进入湖底走一千多米就能看到一个最低点纪念塔，但那里并不是实际测绘的最低点，真正的最低点还要再深入一百公里，全是沼泽，人很难进入。

他仔细打量了我们的穿戴后，继续说道，"去那里面可不是逛公园。半点阴凉都没有，这么毒的太阳分分秒秒能把人晒伤。虽然你们只是打算去近处的纪念塔，也不能穿得这么随便。赶快把能遮阳的东西都统统穿戴上！尽量多带水！"

区区一公里的距离，大家都觉得不必那么麻烦，但又不好意思驳程工的面子，众人只得乖乖的回到了自己的车里，重新武装一番。所有人中，我最怕晒，整个装束也最为密实。防紫外线面罩、完全包住头发和脖子的丝巾、墨镜、口罩、防晒服，一样不落，看起来像要进入细菌实验室一般。

徒步出发时，正值午后最热的时候，白花花的木制栈桥蜿蜒着伸向远方，栈桥两边以前是湖水的地方已被烤成干涸龟裂的地面。太阳发出的炽热穿过层层防护灼烧着肌肤。空气中弥漫着看不见却又无处不在的焦味儿。

极目眺望，视线所及范围内，除了我们这一行人看不到其他生命体。也许真的是被热糊涂了，我恍恍惚惚间仿佛有了特异功能，脑海中竟呈现出从高空俯视这里的画面：微小的我们像一小撮顽强的蚂蚁，冒着随时可能被烈日烤焦的危险执着前行。

身体中的每一个毛孔都极度渴望着水的滋润。平日里一聚在一起就哇啦哇啦聊个不停的队员们不约而同地沉默下来，本能让所有人自动选择了最能够保持体力的行走模式。此时，木栈桥的尽头——我们的目的地点——内陆最低点纪念球，已经变得不再重要。这种行走的本身成为了一种仪式、一种宣告。

抵达后，我们快速拍了几张照片，趁着还没有被热到虚脱，立即开始折返。在整个木栈道的往返过程中，没有再见到其他任何游客，我想这里可以被称为"中国最寂寞的景区"了。

2.15 危险时刻，老天也许真的听见了他的祈求

没有将我们打倒的，只会让我们更强大。

进入南疆后，我们曾目睹一场重大交通事故。肇事一方单车道逆向超车，与对面来车的迎头相撞。双方共六人全部当场死亡。两辆车子被撞得完全变形，其中一司机由于车体极度变形，连遗体都很难被移出。

当车队从事故现场开过时，我没敢仔细瞧，只匆匆一眼，依稀看到染血的白T恤垂出车外。尚未驶出国门便见到如此惨烈的车祸场面，对每位队员来说都是一场心理考验。前方还有一万多公里的路途，我们能否平安到达，谁都不敢保证。

目睹事故后的第三天，我们的车队也差点酿成惨剧。

那天，天蓝得像被水洗过，变幻莫测的白云在我们前方游走，大家心情倍儿爽地奔驰着。四周的小龙卷风卷着沙尘在戈壁上随意游荡，时常会横穿高速。

开始我们并不在意，只是感觉在与风沙交错时，车身微微抖动。自驾经验丰富的轱辘队长在联络手台里提醒车队，地面上的流沙可能会引起侧滑，能见度也有发生突变的可能。我们这才提高警惕，双手握紧方向盘，脚下放松油门。

没开出多远，突然手台里传出轱辘的疾呼："减速！减速！减速！"我还没来得及反应，"小三"就一头冲进突然出现的浓厚沙尘中。顿时，眼前一

黄，能见度直接归零。与之前的风沙完全不同，这个龙卷风中心的沙子非常厚重。万幸的是小北已经按照轱辘的警示提前减速，并快速将车子拐入应急车道，以防后面车辆来不及减速而造成严重追尾。

我当时完全傻掉，没等反应过来，龙卷风已经移出路面。整个过程不过七八秒，所有队员都惊出了一身汗。事后，轱辘说，他知道，急刹车，必然伴随严重的追尾。但一瞬间，他作为车队头车，只有祈求，祈求自己前面没有其他车，祈求队友们都能及时减速而不是急刹，祈求我们车队后面没有车，特别是重型卡车……那一瞬间，也许老天真的听到了他的祈求。

此后，一路黄沙漫天，能见度极低，四辆车如同被围进了一个永远出不去的界，颇有点电影《寂静岭》中异度空间的味道。

在外的游子都不想让家中父母担心，基本都是报喜不报忧。瑞瑞特意提醒轱辘千万不要在MG俱乐部的每日文章推送中提到今天遇到的危险，以免被自己的父母看到。我们每人都在当天微信的朋友圈里屏蔽掉了最危险的部分，只是笼统的提到了蓝天、白云和行踪不定的团沙。

天灾无法躲避，担心亦是无用。大家所能做的只有尽自己最大努力去提高安全系数，这就是所谓的"听天命，尽人力"吧。我们几个都是天生的乐天派，对很多无法改变的不利消息，会自动忽略。出发前，我们就知道这不是一场轻松的旅程，若总担心可能发生的最坏状况，必然会失去坚持的勇气。既然选择了这条路，我们就必须勇敢面对一切，不断向前，直至终点。

2.16　神秘老城喀什

喀什，一座内地人眼中似乎有些危险气息的城市。

为了不让家人担心，关于具体行车路线小北一直瞒着我的婆婆，隐去了我们会经过新疆的这一细节，只是含糊地说大概从内蒙古满洲里出关。婆婆是个非常有涵养的女性，虽然猜测到孩子可能没有告知实情，也不愿去拆穿，只是一直对新疆的安全问题保持着高度关注。

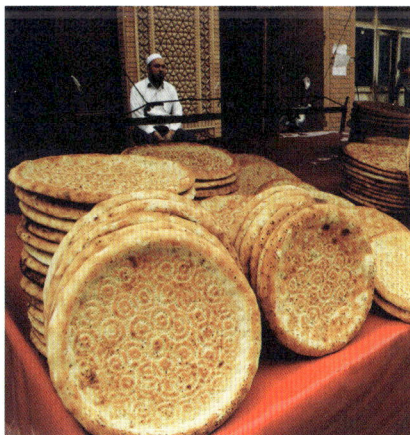

进入喀什后，车队里的男人们进入警戒状态。大家都减少了单独外出的时间，尽量集体出动。住宿地点也没有选择伊斯兰风味浓郁的老城区，而是预定了汉族聚集区的宾馆。

两年前，轱辘和瑞瑞自驾全国的时候经过喀什，他俩在老城区的艾提尕尔清真寺附近住了3天。瑞瑞到现在还清楚地记得，每天早上他们会去欧尔达希克路吃烤包子，中午去诺贝尔希路吃馕坑肉，和当地居民聊天，晚上去解放路口的夜市吃羊头羊蹄，然后用新鲜美味的无花果消腻。在此之前的瑞瑞是不喜欢吃羊肉的，但她却独独爱上了喀什的羊肉，这里的羊肉甚至改变了她对羊肉的一贯态度。当时的他们百无禁忌，两人买张公交票就去了大巴扎和高台民居，与那里的维吾尔族退休教师相谈甚欢，甚至和夜市的维吾尔族老板娘交换了QQ号码。

辘轳和瑞瑞再次来到喀什，空气中的微妙变化令他俩不由得皱起眉头。来此地游玩的汉族游客与之前相比大幅减少，甚至连居住在喀什当地的汉人也不愿意天黑后去老城溜达。

我和小北是第一次来到喀什，对这里的一切都充满好奇，自然不希望总躲在宾馆里。我俩认为旅行之所以能够开阔眼界，靠的就是行走中的不断融入，融入不同的观点，融入不同的风俗。通过融入让原本狭窄的眼界一点一点拓宽。天天躲在宾馆里，岂不就相当于根本没来过喀什。

我相信瑞瑞对喀什老城的夜市美食也是念念不忘，便鼓动她与我一同劝说队友们去老城逛逛，顺道吃个晚餐。

我们的车队拥有良好的绅士风度、尊崇"女士优先"原则，凡事只要由我和瑞瑞（目前队中仅有的两位女生）联手提议，男队员们就只有点头的份儿了。这次当然也不例外。

临近傍晚，艾提尕尔广场上人头攒动，除了我们这几个汉人，其余的全部是当地的维吾尔族人。身边充斥着异域的面孔，耳边飘过的全是听不懂的语言。人与人的交流是件奇妙的事，若你先把心闭上，带着防备打量别人，肯定会得到不友善的目光。当我们刚刚出现在老城时，一种透明的屏障阻隔在了我们与当地维吾尔族人之间，如同两种无法融合的物质混合在了一起。

　　我和瑞瑞拽着队员们坐在了一家夜市口的烤包子摊位上，笑嘻嘻地向摊主点了几份羊汤、烤肉和招牌的烤包子。叽里咕噜点完后才发现这位摊主完全听不懂汉语。幸好有热心的路人走过来帮忙翻译，才成功地让我们吃到了想吃的东西。

　　隔壁铺子的维吾尔族小伙子打量了我们好一阵子后凑上前来，努力地用着他会的汉语，试图与我们交流。小伙子表示自己曾去过上海打工，那是一座很漂亮的城市，但物价很贵，在这边卖两元一个的烤包子，在上海的新疆饭店可以卖到五元一个……话题从"吃"慢慢打开了，渐渐地相互之间的防备不见了，只剩下了欢声笑语。

糖糖是这样记录当晚的感受：

走进喀什，犹如走进异国他乡。建筑、商品，包括饮食、语言，都与我们格格不入，甚至让我有种孤单的不安。当我们怀着真诚、友好，走进他们的市场、商铺、店家，我们学会了用人类共同的语言——眼睛和微笑来交流、分享，一切都变得美好起来。

2.17 高台民居：维吾尔族的千年聚居地

"高台"位于喀什老城内地势最高的一条长达数百米的高崖，传说这里的民舍早在"两千多年前就已存在"，当地人世代聚居于此。房屋依崖而建，家族人口增多一代，便在祖辈的房上加盖一层楼，这样一代一代，房连房，楼连楼，层层叠叠，故称为"高台民居"。

我的一位好友之前来过此地，结交了不少当地的维吾尔族朋友。这些当地人邀请她去家中做客，带她在高台民居四处闲逛，让她感受了最原汁原味的风土人情。好友拍摄了许多韵味十足的照片，张张都不输大片海报。我甚至和她打趣，问她是不是当地的小伙子爱上了她，否则怎么会把她拍的这么美？她笑了笑，并没有直接回答我的这个问题，只是反复叮嘱我，若以后到这里，记得联系她的当地朋友们，有了他们做向导，必定会不虚此行。

我们这次的游览时间非常有限，就没有去麻烦这些当地小伙子，只是在民居内四下随意转转。此处有鲜明的建筑特点，其中最令人过目不忘的当属"过街楼"，就是从二楼跨街直接搭过对面，既不影响楼下行人行走，也不影响楼上人居住。这些随意建造的楼上楼、楼外楼间隔出四通八达、纵横交错、曲曲弯弯、忽上忽下的许多条小巷。

高台民居里的房子虽然看上去有些晃晃荡荡、松松垮垮，但据说都很牢固，很多已有数百年甚至上千年的历史。一户民居就是一部繁衍、生息、兴衰、后代延续的家族史。

据好友描述，走进高台的任何一所院落内，都能看到院内地上栽种桑树、无花果、石榴、玫瑰等各种树木和花卉，非常美丽。有些面积大的庭院，会种一些葡萄，搭成凉棚。夏季炎热时，人们干脆住在庭院前廊葡萄架下的土炕上。屋内的墙上则会挂着挂毯，以作装饰。可惜这类庭院私密性都很强，没有当地人带领的我们只能靠想象去体会了。

2.18 "母亲节"：离境前的最后一日

2014年5月11日，母亲节，车队即将驶出祖国的最后一日。

"慈母手中线，游子身上衣。临行密密缝，意恐迟迟归。谁言寸草心，报得三春晖！"母亲，对于每个人来说都是一生的牵绊。我和妈妈的关系特别好，可以称得上无话不谈。从小到大，旁人最爱问的问题就是：你和你妈在一起怎么这么能聊，你们都聊些什么啊。其实，我们也没什么固定话题，天南海北，百无禁忌。

妈妈如今年纪越来越大了，她经常说，自己现在最大的愿望就是每天能跟我聊上半个小时，绝对包治百病。即使是这么一个小小的心愿，我都没法确保实现。自从这次远征，我很久没有陪妈妈好好聊天了。离开国境进入中亚后，能与家人频繁沟通更成为奢望。就像轱辘说得一样，每一个微笑对我们说"去吧"的人，未必不是忍受着离别、相思和担心之苦，背转身去，早已泪流满面。

借着母亲节，我写下了这样一段话给妈妈：

无论是青春的妈妈，还是现在的妈妈，你都是那么美丽。我们一起看过撒哈拉沙漠的流星，俯视过迪拜的全貌，泡过冰岛的温泉……一块儿去世界各地撒欢。你是我最亲的闺蜜，也是世界上最好的妈妈。我的每一个梦想，你都会全力支持，从不怀疑。无论是多么大胆的设想，你都会说，去做吧，不要辜负最好的时光。你见证了我生命中每一个重要时刻。今天是车队离开祖国前的最后一天了。我们会注意安全，请放心！

我是一个俗人，既希望可以自由地去追求梦想，又希望可以面面俱到，得到世间所谓的"圆满"。小北则干脆得多，一旦决定就全力以赴，不会顾忌太多。明天就要进入中亚了，小北的兴奋之情显然大大超过了离别情愁，他在远征笔记上写道："我相信，只要出发，就能到达。马上就要穿越国境，到达中亚了。撒马尔罕、布哈拉——这是很多人做梦都不会去的地方，我们来了！"

第三章　闯入神秘中亚

我相信，只要出发，就能到达。

3.1　吉尔吉斯斯坦向我们揭开了神秘的面纱

从新疆进入吉尔吉斯斯坦，车队选择从伊尔克什坦口岸出关。它是我国最西部的一个口岸，地处帕米尔高原，海拔3000多米。

从这里通关的人很少，边检警官亲切和善，对我们车队的此次远征十分好奇，甚至调来口岸宣传组人员采访我们。

原来我们是从这个口岸出关的第一支中国自驾车队，宣传组要把我们写入口岸的宣传册中。在这样热情洋溢的氛围下，首次自驾出关的紧张感烟消云散。有了官方的大力支持，手续办得格外顺畅。只用了一个多小时，我们就轻松驶出伊尔克什坦口岸。

由于中国口岸的"神速"通关，车队提早到达对面口岸，正好赶上吉尔吉斯斯坦海关的午休，我们不得不在两国口岸的交界地带眼巴巴地等上一个小时。

对于想去方便的我来说，这样的等待就是噩耗。在这个三不管地区，想找到一个正规如厕的地方根本不现实。瑞瑞和我四处侦查了一番，发现一片被废弃许久的房子。我俩一人守在门外，一人进去方便。

五月的中旬，我站在一大片被牛粪包围的平房外等待着瑞瑞。突然片片雪花飘然而至，扬起脸，我感受着丝丝凉意。眼前的雪山轮廓越发清晰起来，似乎触手可及。默默地站立在这个毫无情调可言的地方，我居然感到一种奇异的浪漫。也许是因为我知道相同的场景今生不会再现，也许是因为驶出国门的激动演变成浪漫的错觉，不管是什么原因，这种神奇的感受让我几

乎落泪。

气温急速下降，回到车上后，我马上翻出最厚的冲锋衣，胁迫只穿短袖且永远活在夏天的小北一同穿上。几天前还在四十多度的高温下行走的我们，现在就要准备翻越雪山啦。

巨大的高度差引起的不只是气温上的变化，早上随手扔在车里的密封蛋糕也因气压差而变得鼓鼓的，袋子上的小熊肚子被撑得圆咕隆咚的，看起来很有精神，仿佛也在为就要开始的真正旅程而兴奋。

车队成员个个摩拳擦掌，时间一到，便雄起起气昂昂地开向了吉尔吉斯斯坦口岸。在经过中国国境界碑时，我迅速按下了相机快门，将这一时刻永远定格了下来。

　　吉尔吉斯斯坦边检士兵披着厚厚的深蓝色棉大衣，大衣上落满白雪。看来这边的雪下得应该更早。士兵块头很大，乍看如同一座移动的小山。他简单地看了我们的护照，脸上不带任何表情地让我们通过了。

　　继续前行10公里，抵达吉尔吉斯斯坦口岸。吉尔吉斯斯坦的地陪金吉尔早已在那里等候多时。金吉尔个子不高，目光坚定有力，脸上呈现出过度日晒后的红色。她说着一口流利的德语，目前为博士在读生，兼职做一些国外基金会的翻译工作。在吉尔吉斯斯坦这样相对封闭的国家，有资格接待外宾的地陪十分少见，他们的工作属于政治任务，一言一行都代表着国家。她身旁停着一辆车，这是国家规定，对于我们这样的国外自驾车队，不但需要配备资深的吉尔吉斯斯坦导游，还必须由他们国家的机动车领队，方能上路。

　　金吉尔交代了一些基本的注意事项后，我们被带入一间简陋的房子填写入境表格。在房间的墙壁上赫然贴着用中文书写的告示，写明"禁止索取财物，若有发生可致电×××××"。这告示不像廉政训条，倒颇有点此地无银三百两的感觉。

　　当大家拿到盖好入境章的护照准备离开时，发现金吉尔和车队的全程联络官许君荣都不见了。过了许久，金吉尔气愤不已地向我们走来，许君荣则跟在她的身后，一脸无奈的表情。原来这里的工作人员把他俩叫到一旁，要他们代表车队留下一点买路钱。许联络官对这类事情早已见怪不怪，也准备好了银两来打点，但金吉尔坚决不同意。她觉得这些工作人员的行为太丢自己祖国的脸，她重复着自己的原则，"绝不支付没有理由的费用"。

金吉尔的行为让我们对她产生了敬意，但同时也给车队带来了麻烦。本来花一点点钱就可以直接通关的车子，现在要打开所有车门和后备箱接受检查。这哪里是什么检查，分明就是胡乱翻找，四处搜寻有什么礼品类的东西可以让他们"扣下"。

在瑞瑞和辖辘的车上，一个大个子士兵发现了中国制造的MG徽章礼盒，表示十分喜欢。瑞瑞摆了摆手，正色道："这是我们准备送给英国MG俱乐部的礼品。"

大个子撇了撇嘴，有点不开心，不过也没有继续翻找，而是挥了挥手中的对讲机，让他们通过了。这一举动反让辖辘感到有点过意不去，他从自己的衣兜里摸出一枚小的MG徽章，微笑着递了过去。拿到了徽章的大个子士兵孩子般笑了。

也许并不是所有的边检人员都想真金白银地捞到好处，他们中的大部分人只是想通过留下一点来自其他国度的纪念品，来了解外面的世界。面对着一个物资、信息都十分匮乏的国家，我们是否有权利站在道德的制高点去谴责那里的人们对金钱和物质的渴望？越是自己缺乏的东西，就越是渴求得到，这是人的本性。只有在基本需求得到满足后，人才会用更高的道德标准去约束自己的行为。想通这个道理后，大家迅速调整好心态，不再把自己放在吉尔吉斯斯坦海关人员对立面的位置，后面的检查也顺利起来。

第一次出关，小北用几个数字来概括：8个关卡、170公里距离、7个小时盘查，符合预期。

3.2 梦境中穿行

　　雪还在不停地下，进入吉尔吉斯斯坦没多久，我们便被雪山360度包围，这哪里是进入了另一个国家，分明就是进入了另一个世界。车队置身在无穷无尽的白色天堂。那是一种蕴藏着无限力量的白，绝不单调，随着我们的移动，幻化出无穷的层次。整个帕米尔高原成了我们的专属。我转过头看到同样被这非凡景色震惊的小北，一种幸福感弥漫开来，仿佛这白色世界是大自然专门为我俩装扮的婚礼现场，空灵、圣洁、浩瀚。相比之下，我们显得如此渺小，小到只是浩瀚宇宙中的一粒尘埃，但我们又是如此伟大，大到是彼此眼中的整个世界。

　　我按下快门，把这感动瞬间记录在相机中。看到相机屏幕中呈现的画面，我才明白那些真正令人震撼的景致果然是无法用相机记录下来的。这不单单是视觉上的冲击，更是触觉、嗅觉与心灵的共震，这种感受是一张薄薄的2D照片无法承载的。我索性放下相机，静静地去与身边人一同欣赏这圣洁的白色以及无人驻足过的纯净。吉尔吉斯斯坦80公里的雪山翻越，成为了我们终生难忘的记忆。

　　"如果这是一场梦，我愿意长眠其中……"煽情的歌还没有唱完，海拔急降，刚刚满眼的雪国风光，只一个转弯就被大片的绿色取代了。嫩绿色的山体，银色的小溪，看上去和谐娇美，俊俏的马儿在山坡上欢快地吃草、戏水。

　　"让我们红尘作伴活得潇潇洒洒，策马奔腾共享人世繁华……"我也应景般地瞬间转换了曲风，逗得小北刚含在嘴里的水差点呛了出来。

3.3 男女混合大通铺的境外首夜

趁着天际残留的最后一丝光亮，车队赶到出境后的第一个投宿点——萨雷塔什。这是一座有50多户人家的偏僻小山村，我们睡在村东头的一户人家里。

在村民的指引下，我们将车子停到一座平房前。脚刚跨出车门，被几头大黄牛拦住了去路。"牛大爷"们个个雄赳赳、气昂昂，不屑地用眼角瞟着我们，貌似在向我们宣告着它们的地盘。我们这些借宿的房客识相地绕过了几位"牛爷"，进入平房。

一条狭窄的通道，通向各个房间。屋内的所有地面都铺着厚厚的地毯，大家按照主人的要求把鞋子脱在门口。小北、我、瑞瑞以及轱辘住在最里面的四人地铺间，房间用大红色进行了装饰，显得十分喜庆。

我不禁在心里嘿嘿一笑，刚才是天赐的白色婚礼，现在又有了红色洞房，真是天公作美，只要忽略今晚是四人一起睡这一点就行了。

在房子里转了一圈，我发现屋内没有卫生间！厕所是距离平房二十米远的一个单薄小板房。我真担心在呼呼山风的袭击下，会出现人还蹲在小板房，四周的木板被吹跑的悲催场面。房间和厕所之间是"牛爷"的地盘，每次上厕所前还要注意拨开晃到身边的"牛爷"们，并确保稳稳踩在粪坑道上悬空搭建的木板上后，这一颗心方能放下。

除了没有厕所，屋内也没有供水设备，只能去天寒地冻的室外水房取水。大家打趣说，干脆直接从门外舀上一桶雪，等它自然溶化后就成了天然无污染的矿泉水，说不定水质比依云还要好。

在大家谈笑风生之间，金吉尔推门进来招呼我们去隔壁的毡房里吃晚餐。用餐的毡房与我们常见的蒙古包十分相似，圆顶的帐篷、木制的框架、外层围上一层或者数层毛毡用以防寒、挡雨。金吉尔告诉我们，吉尔吉斯的意思就是"草原上的游牧民"。时至今日，很多当地人仍然过着传统的放牧生活。由于牧民的流动性，这种简易的木制框架帐篷十分实用，仅需两三头牛或骆驼便可将房屋和生活用品迁移，被亲切地称为"白色宫殿"。

房外大雪纷飞，房内炉火正旺，十足的冰火两重天。毡房内部同样用大红色进行装饰，很有喜宴的感觉。大家围绕着长桌席地而坐，按照当地规则，右侧为女席，左侧为男席。

面前的桌子已经摆满了食物，品种虽然简单，但走的是"国际范儿"。大碗的西红柿土豆牛肉汤，配以各式面包，油饼，西红柿拌黄瓜搭配当地特色酱汁（此道菜在接下来的半个月里天天登场，被队友戏称为"斯坦国国菜"）。

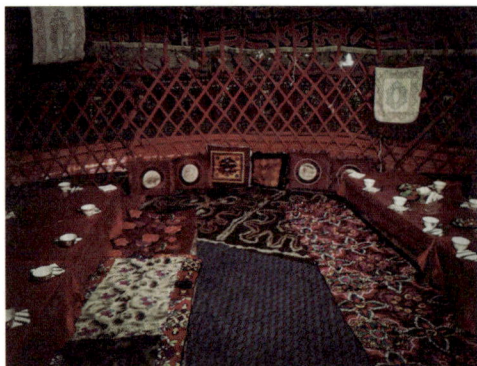

因为我们是远道而来的客人，主人还特别多加了份牛肉炒饭来招待，最后，还有美味的黑、白两色巧克力球做甜点。

趁着享用晚餐的空档，金吉尔向我们介绍了自己的祖国，并耐心地回答了大家的提问。由于受过良好的教育，金吉尔在回答我们的问题时，不像导游在解说，反倒更像是一个外交官在接受记者采访。

当被问到这个国家的现状时，她的脸上呈现出悲壮的神情，缓缓地说："我的国家从没有发动过一次战争，却饱受战争之苦。古代如此，现代也是如此。目前我们处在难得的独立时期，但我们的国家和人民对于何去何从还有些迷茫。"

对于我们只在她的国家逗留3日，她惋惜地表示："我十分伤心，因为你们只是为了赶路而途经我的国家，其实我们国家有非常漂亮的山脉、湖泊、冰川、瀑布和峡谷，占据了国土面积的90%，值得专门花时间好好游览，任选一座山脉都能体验到真正的游牧生活。希望你们可以再来一次，多停留些日子，好好感受一下。"

有了金吉尔的耐心介绍，只一顿饭工夫，吉尔吉斯斯坦已经显得不再那么陌生。

结束晚餐后，小北拎了个脸盆，独自去车中拿东西。还没走到车边，就见一个巨大的黑影在轱辘的车边晃悠，他定睛一看，原来是我们之前见过的"牛爷"。刚刚轱辘走得匆忙，车门大敞，这可引起了"牛爷"极大的兴趣，它"哞哞"的把头拱进轱辘车内，大眼睛滴溜溜的好奇地打量着车内物品，还不时地摆动着头，"呼呼"地喘着大气，仿佛对这个狭小的钢铁"牛棚"表示不满。

小北觉得这情景实在好笑（也可能是被牛大爷的气势所震慑），并没有立刻将"牛大爷"请走，而是站在一旁耐心地等待着这位"牛爷"自行离去。

诡异的场景就这样出现了：微弱的月光之下，白雪皑皑的高原上，小北手端脸盆，耐心地看着一头黄牛探入车内。许久不见小北回来，我有些着急，穿上鞋子，出门寻找，结果就撞见了如上画面。我可没小北那么好的耐性，直接招呼小北，一同赶走好奇心满满的"牛爷"。关上了轱辘的车门后，我俩禁不住笑得前仰后合。

除了没有骑马，今夜应该是最接近昔日丝绸之路商队的投宿状态了。我们抬起头便可看到最耀眼的星空，一个深呼吸就能吸入最清洁的空气。我们可以一边聆听金吉尔讲述吉尔吉斯斯坦那些事，一边与"牛爷"斗智斗勇——这就是我们想要的体验。

熄灯后，房内一同躺在大通铺上的四人，在黑暗中打开了话匣子。轱辘和瑞瑞同我们分享着他俩的"爱情保鲜计"——在十年的相伴过程中，他们总会不断树立共同的目标，正是这些"共同的目标"将他们紧紧相连，为琐碎的生活注入新的活力。"才没觉得有七年之痒呢。因为每隔两三年，我们就会有个大的变化，生活轨迹总在不断调整，忙都忙不过来呢。"轱辘在一旁嘿嘿笑着。

渐渐的，他们的话语声越飘越远，耳畔亦梦亦幻地传来了阵阵驼铃声……

3.4 奥什：提心吊胆逛巴扎

从萨雷塔什到奥什，沿途都是高山草甸。当地人多游牧，少耕地。行驶在这里，会有一种错觉，感觉修建的道路不是为了汽车的行驶，而是为了方便

牛、马、羊的行走。

　　路上，我们不但为遇到的牛群、马群、羊群让了无数次路，还不得不经常穿梭其间，与它们"赛跑"。据金吉尔说，这里的马不仅是交通工具，也是美味佳肴。每逢盛大的宴会当地人都会食用马肉，还会饮用发酵的马奶酒——一种性质温和的酒，只有 2~3 度，不过只有在春夏两季母马产仔时才能喝到，发酵时间为 3 天。这酒据说可治愈从伤风到肺炎等各种疾病，十分神奇，可惜我们没有机会亲自尝试一下。

　　当地人倾向用骏马做交通工具，山区很少见到汽车。即使有，也都是些中国早已淘汰的苏联二手车，比如拉达、波罗乃兹。它们大多又破又旧，开动起来会发出巨大的响声，向上爬坡时相当费力，还常常会从坡上溜下来。

　　我们的 MG 车队到了这里，立刻显得崭新而高级。一次，我们在路边休息，看到一辆红色拉达，怎么努力都爬不上坡。轱辘上前询问是否需要帮助，司机笑着摆了摆手，然后任由车子缓缓溜到坡底，并继续向后倒了二三十米，然后一脚油门冲上坡去。看他娴熟的样子，这种情况应该是经常碰到。

　　接近奥什市区，远远地看见了拥有四个山头的苏莱曼圣山，高高耸立在市中心。两旁的车子渐渐多了起来，出现了日、韩生产的经济型小车。小北细心地发现这里的车子既有左舵，也有右舵，原来此地大多数居民购买的都是来自世界各地的二手车，国家没有对左右舵问题做出硬性规定。

进入市中心，我们感受到了久违的拥挤。奥什街上的女郎高挑时髦，穿着色彩艳丽的裹身长裙，裹着漂亮的头巾。据说这里女多男少，常有一夫多妻的情况。吉尔吉斯斯坦女性认为，中国人一般只娶一个老婆，而且也比较尊重女性，所以中国小伙子在这里很受欢迎。建议在中国找不到意中人的小伙子们，倒是可以考虑来这里看看，说不定能娶到像"芭比娃娃"一样的大美女。

在金吉尔的引领下，驶过一段拥堵杂乱的路段，我们来到奥什著名的大巴扎（杂货市场）。金吉尔谨慎地告诉我们，大巴扎是个比较混乱的地方，车队的车辆要集中停放，方便她的司机照看，这样可以防止被人砸车窗。另外，相机、手机之类的物品要紧紧攥在手里，以防被人抢走。车上的联络手台务必带上，巴扎里面地方很大，万一走失可通过手台联系。这样一番提醒使得大家紧张起来，回想前些日子在吉尔吉斯斯坦大使馆碰到的"挤门"事件，我下意识地抓紧了小北的手，并把斜挎包移到了胸前，用力捂住。

进入大巴扎时，每个男队员均全部武装。他们腰上挎着手台，耳朵上带着耳塞，鼻梁上挂着墨镜，个个扮得跟总统保镖似的，光看这造型就足以达到防盗效果。

巴扎里面确实大，很多地方都在修建，比较杂乱，像中国20世纪80年代集市的样子。金吉尔告诉我们，吉尔吉斯斯坦是农牧业国家，独联体解散后，吉

尔吉斯斯坦大多数工厂都倒闭了。现在这里的工业商品中，99%来自中国，另外1%来自土耳其。

这里的东西大多做工粗糙，很难让人有购买欲望。我象征性地购买了一顶当地特色的毡帽和几个吉尔吉斯斯坦地图图案的冰箱贴后，匆匆结束了这趟旅途的首次境外购物之旅。

走回停车的地方，看到全队无一人被抢，没一辆车子被砸，金吉尔一颗悬着的心才算真正放下。

3.5　泪别金吉尔，喜迎酷老太

三天时间一晃而过，我们很快就从吉尔吉斯斯坦南部最狭长的地带穿过，与金吉尔告别的时刻来了。虽然只有短短几十个小时的接触，我们却对这位吉尔吉斯斯坦导游产生了特别的感情。

她有勇气、敢担当，过海关时坚持廉政原则；她不乏激情，对自己的祖国充满深厚的感情；她知识丰富，能够精确地回答出关于国计民生的很多数据；她善于思考，经常与我们讨论独立后的国家应该如何选择发展之路。我们甚至认为她身上具有"成为一位女总理的潜质"。

在最后的分别时刻，金吉尔站在那里，微微弯着腰，眼泛泪光，伸出双手，与我们每个人拥抱。她轻轻地张了张嘴，似乎要说什么，但又什么都没说，最后发出的，只是一声叹息。

当车队依依不舍地与金吉尔告别时，几百米外的乌兹别克斯坦海关，已经有一位彪悍的老太太在等着我们了。离得老远，我们就看见了负责接待我们的乌兹别克斯坦导游莱丽萨，一位颇为丰满的68岁老妇人。

莱丽萨见到车队驶来，夹着细长香烟的手轻轻挥了一下，点燃的香烟随着她的手势在空中划出一道青烟，算是打了招呼。岁月在莱丽萨的容貌上留下了鲜明的印记，深深浅浅的皱纹爬满了那张曾经美丽的脸庞。虽已年迈，可莱丽萨说起话来声音洪亮，霸气十足。见到我们的第一句就给了车队吃了一颗定心丸："你们不用紧张，一步步来，这里我罩得住。"

这句话让我们的随行联络官许君荣放松不少。这是许君荣第一次担任穿越洲际的车队联络官，所以每次过关时，他都十分紧张，生怕出什么差错。在吉尔吉斯斯坦入关时，他甚至因为忙乱而遗失了一个装有我们部分证明的包裹。此次看到底气十足的莱丽萨，许君荣紧缩的眉头终于有些舒展。

乌兹别克斯坦到底是个相对发达的中亚国家，口岸工作人员也没有像吉尔吉斯斯坦的工作人员那样希望收取些"小贿赂"。我们这些随行人员被要求带上随身行李过安检。老太太满不在乎地瞥了一眼，告诉我们只需象征性地带上一个小包或一个箱子即可。

乌兹别克斯坦海关的检查人员尤其关注携带进关的CD、光盘和U盘。瑞瑞随身包里的ipad被检查人员熟练地打开，进入图片库，一张张翻看直到确认没有违禁图片才放行。一些中亚打扮的女子则被要求进入小房间，接受更加仔细的搜身检查。

小北、轱辘他们作为司机，要与汽车一同接受检查。所有车辆需按照要求开上检查坡，架高底盘，方便巡视人员检查底部。车子内部同样被检查得十分仔细，连椅座底部都没有被放过。

糖糖喜欢听音乐，随车带了不少邓丽君的CD。检察人员感觉封面照片有伤风化，故要求糖糖带着CD进入海关办公室做进一步检查。在小北的车里，检察人员发现了一个U盘，里面不过下载了一些歌曲以及一小段我们在巴厘岛的婚礼视频剪辑。他们根本不听什么解释，直接指了指旁边的海关办公室。就这样，小北也只得带着U盘进办公室接受检查。边检人员饶有兴致地把U盘里剪辑的婚礼视频从头到尾认真看完，然后对小北呵呵一笑，说："你太太很漂亮啊。"小北心中暗暗庆幸，还好我们只拷贝了25分钟的视频剪辑，要不然可能真会被查到天黑了。

瑞瑞和我站在角落里窃笑道，幸好只有女生带了电脑，要不然若是在他们男生的电脑里查出个什么"岛国爱人"小影片，估计整个车队就被直接扣押了。

等到五辆车子都检查完毕，两个多小时过去了。辘辘是个急性子，站一旁跟我抱怨说："自驾出行，大概过关检查是最烦人的了。"

相比辘辘的烦躁情绪，我倒觉得整个过程挺新鲜。看着警犬来来回回地这儿跑跑、那儿嗅嗅，又看着那些平日里神采飞扬的男队员们略带紧张地被边检人员呼来喝去，我没有感到时间特别难熬。

我安慰辘辘："咱们走这一趟不就是为了体验不一样的人生么？若图简单省事，那就不必选这条线路了。我既然来了，就很高兴遇见各种事情，否则何必来此？"

平日都是辘辘给我们鼓气加油，今天角色对调。一席话说得辘辘频频点头，立即把我评为"最佳旅伴"。

3.6 费尔干纳的"土豪"与"美女"

1877年，无法忍受费尔干纳盆地酷热的俄罗斯人开始兴建费尔干纳市。未到此地之前，我们听说费尔干纳山川秀美，气候宜人，既无洪水猛兽，也无恶病流行，称得上是古丝绸之路上一块充满传奇色彩的圣洁之地，可近年来却被一些野心勃勃的政客、好战分子和利欲熏心的毒品贩子搞得乌烟瘴气，几乎成了恐怖、冲突、动乱的象征。

抵达那里后，整座城市给我们的感觉是干净漂亮，十分凉爽，甚至还略有小资情调。道路十分宽阔，和吉尔吉斯斯坦相比明显上了一个档次。马路两侧多是粗壮的白皮梧桐，高高在上的树冠相互交错，街道完全被罩在浓重的墨绿色中。

路上行驶的汽车看起来状态也要好一些，虽然仍有很多苏联时期的旧车，但大多收拾的锃亮，不再是破破旧旧的样子。新型轿车则几乎被雪佛兰一家包揽。

也许是我们的运气好，赶上了非常稳定的时期，也许是传闻本不可信。总之，我们在这里完全没有感受到紧张的气氛，反而看到了一片祥和。

下午入住酒店后，为了方便我们自由购物，莱丽萨帮我们兑换好了当地的货币（1美金兑换2980索姆），100美金就换上了满满一袋子索姆。我们瞬间都变身成为豪气冲天的"大款"。桌子上铺满了一沓子一沓子的钱，数都数不过来，空气中充满了赤裸裸的金钱味道。看来这里是个特别不适合抢银行的国家，抢一次就得把劫匪累死。

手中有了钱，底气足了许多。收拾停当后，小北和我约了轳辘、瑞瑞一同出去溜达。

酒店周围是敦实的俄式建筑，楼与楼之间的绿地和花坛的面积都很大。到处可见干净整洁的小超市、餐厅和咖啡吧。进入超市，我们发现，当地人并不使用银行卡，而是一人拎上一袋子钱。结账时，拿出N多沓子钱，随意往柜台上一扔，豪气冲天。这里超市收银员似乎也没什么找零的概念，应找九百时也许给你两块糖，应找六百时也许给你三块糖，或是用手纸充当零钱找给你。反正，找给你什么和给的数量全凭收银员的心情而定，弹性很大。

出了超市，走在马路上，我们发现迎面而来的年轻人个个都是俊男美女，难不成这里也像韩国一样整容业特别发达？感到奇怪的不止我一人，轱辘也在纳闷，当年唐僧先后用了"多花果、宜羊马、人性刚勇、形貌丑弊"来形容此地，经过了一千多年，前几条描述都还算符合，只是这"形貌丑弊"却完全对不上号。街上的女子大多身材修长、凹凸有致、肤若凝脂、睫毛卷翘。

女孩子们在看到我们时，总会投来好奇友善的目光，一双含笑的眼睛忽闪忽闪。当我们主动向她们打招呼的时候，她们通常会微笑、含胸、低头，面露羞涩。这时若提出与这些娇俏的女子们拍照合影的要求，她们却马上如同天生的模特，微微将身子一扭，摆出迷人的姿势。

当地的帅哥们更加热情奔放，很多时候都会主动凑上前来要求与我们合影。本以为在这些相对封闭的国家里，当地人会刻意地与外国人保持距离，可眼前这一张张明媚的笑脸，让我们感到既有些意外又有些受宠若惊。

至于为什么这里的人进化得如此美艳，我们几个人讨论后，一致认为这应该是多民族融合的结果。想当年，成吉思汗来过这里，古罗马大帝恺撒来过，突厥人来过，伊朗人也来过。在乌兹别克几千年的历史中，无论是东方人还是西方人，都在这里留下了足迹，长期的民族融合，使得这里的帅哥美女多了起来。

瑞瑞和我逛得有点饿了，路过烤串摊，凑上前去。凡与吃相关时，语言不通根本不成问题，指指这个、点点那个，一通手舞足蹈后，我们要到了四支肉串，花费10000索姆，虽然心里嘀咕可能是被宰了，但想想宰老外这种事情全世界都一样，也就欣然接受了这个价格。

没一会儿功夫，店主将两个镶着金边的白盘子和四副刀叉放在我们面前，每个盘子上整整齐齐地放置着两支还在滋滋冒油的肉串，盘边配好小份的浇汁洋葱。吃个串，还要用刀叉？十分接地气的撸串，被如此摆设映衬得十分小资，我们打趣说，单凭这高大上的搭配，也值10000索姆了。

3.7 山道飙车平常事儿

在这个国家跑了几天后，小北发现乌兹别克斯坦人开车相当守规矩。几条主要规则都会被严格遵守，比如辅路让主路、转弯车让直行车，只要你是直行，任何一辆转弯的车都会老老实实停下来等你过去。

"从左侧超车"这一原则更是无人违反。他们的车子常常会紧紧跟在我们的车队后面，即使是在右侧车道空无一车的情况下，他们也绝不从右侧超车，最多借道对面逆向车道来进行左侧超车。为了避免危险，我们的车队逐渐学会"主动让路"，只要从后视镜里瞥见快车，大家就通过手台相互联系主动向右侧靠，尽量给后车让出路来。

A373公路是从费尔干纳到塔什干的唯一道路，要翻越安格连山脉，多有回头弯，道路铺装水平类似国内的国道。我们在当地引导车的带领下，基本保持80公里左右的时速前进。即使这样，我们仍是这条路上开得最慢的车。乌兹别克斯坦司机十分勇猛，他们基本都以120公里上下的时速从车队一旁呼啸而去。事实上，该路段限速为每小时70公里，但全程没有看见警察测速，我猜这可能是他们放心大胆狂飙的原因之一。

这些当地车全部做过改装，底盘加高以应对凹凸不平的路面。我们车队不断被弯道超车，十分危险。想要不被频繁超车，车队必须集体提速至每小时100公里以上，可这样，我们的"小三"很难跟上大部队。在山路行进中，即使维持现状，"小三"都跑得很吃力。

为了不耽误大家，小北建议暂时放弃整齐的车队行进，改为自由行驶模式。轱辘队长"自由飞翔"的指令一发出，队友的车子就像离弦的箭一样冲了出去，加入了山道飙车的队伍。一会儿工夫，大家便不见了踪影，只能从手台中听到他们大呼过瘾的声音。

当我们的"小三"不急不忙赶到山顶休息站时，队员们都围在"小五"

（MG5）周围挠着头。原来在刚才的狂飙中，由于加入汽油的品质问题，"小五"排气管排放出的大量热气将其加装的后包围融化了。大家只得将它在此处拆掉。这个融化掉一半的后包围就这样被永久地留在了乌兹别克斯坦的青山之巅，成为了此行的一个特殊纪念点。

山顶休息站有一个很大的观景平台，大多在这条路上行驶的司机都会在此稍做休息。乌兹别克斯坦司机们看到我们的车子好奇地凑上来。当得知我们的终点时，人群中发出阵阵惊叹声。一传十十传百，不一会儿我们身边就被围得水泄不通。乌兹别克斯坦美女们用崇拜的眼神看着车队里的每位男士，流转的眼波仿佛在说："只要有位置，我愿意与你同行。"无奈队中的男士们个个都已名草有主，不方便做出任何回应，美女们只得悻悻作罢。

3.8　浴火重生的撒马尔罕

撒马尔罕位于中亚的一片绿洲之中。这是一座一次次经历了烈火和战争的洗礼，并一次比一次更加壮丽地重建起来的城市。

在这里，无论你去哪里，都无法回避帖木儿这个名字，因为他就是撒马尔罕的魂魄和象征。帖木儿一生征战40余年，从无败绩，天下无敌。在其武力所及的中亚、西亚与南亚地区，他用被征服者的头颅堆砌了高大的人头塔。四处征战的同时，帖木儿带回了杰出的艺术家、工匠与学者，为撒马尔罕建造了无

数无价的传世之作，数不清的精美古建筑散落在这个城市各个角落。

正午时分，我们抵达了位于撒马尔罕市中心的酒店，有整个下午的时间可以自由地四处逛逛。莱丽萨在路上时告诉我们，"中亚的精华在乌兹别克斯坦，乌兹别克斯坦的精华在撒马尔罕，撒马尔罕的精华就在我们酒店附近的雷吉斯坦广场。"

带好酸奶、饼干，小北和我直奔广场，随便找了一个角落，喝起了自制的下午茶，用以舒缓连日来赶路的紧张状态。阳光斜斜地照在我俩的身上，人变得慵懒起来。我眯着眼睛，恍惚间，仿佛看见了广场上有叙利亚商人，摸着光滑的中国丝绸；也有来自非洲的部落男子，带着衣衫褴褛的奴隶；四周围小店店主的口袋里，是满满的刻有异国文字的金币。转瞬间画面又变成了王朝更替

的刀光剑影和上演了千年的爱恨情仇。只不过如今一切都随风而逝，唯独剩下眼前精美绝伦的建筑。

被誉为"撒马尔罕之心"的雷吉斯坦广场上矗立着三座经学院，

连接着六条主路及六座城门。三座经学院按品字形排列，左侧为建于15世纪的兀鲁伯经学院（兀鲁伯为帖木儿的孙子），是当时世界上最好的穆斯林学府之一，兀鲁伯曾亲自在此授课。正面为建于17世纪的季里雅－卡利（意为镶金的）经学院，它最大的亮点是屋顶铺满了金叶，象征着撒马尔罕当时的富庶景象。右侧是同样建于17世纪的希尔－多尔（意为藏狮的）神学

院，大门上方两端各有一个怒吼的驮着人脸的猫科动物作为装饰，它看上去像是虎，但实际上是狮子。三座经学院风格统一，高大壮观、气势宏伟。我俩不由得感慨，无论帖木儿如何残暴，他的确打造出了梦一般的撒马尔罕。

一对儿欧洲老夫妻静静地坐在我们的斜后方，他们之间没有过多的交谈，相互陪伴的漫长岁月好像已经把他们融合成了一个人。柔和的阳光为他们的背影镶上金色的光晕。酸奶正浓、风景正好，时间滴答滴答不急不缓地向前走着。

3.9 为爱而生的比比哈努姆清真寺

撒马尔罕绝不是一个可以简简单单路过的城市，它十分值得我们花时间去好好感受。车队特意多留出一天继续在这座历史名城里进行游览。

跟着莱丽萨，我们来到比比哈努姆清真寺。传说这是帖木儿为纪念一个名叫比比哈努姆的中国妻子而修建的，故被称作"为爱而生"的建筑。它不但是帖木尔时代最高大的建筑，也曾经是整个伊斯兰世界中最高大的清真寺，仅正门的高度就有三十五米。

建造这里的工匠是作为战俘被运送到撒马尔罕来的，他们都是世界上最富于技巧的建筑家、最具有品位的艺术家，但那些亲人已经死于帖木儿的屠刀之下，自己

也终将客死他乡的工匠们，能在多大程度上为帖木尔尽心尽力，是一件值得怀疑的事情。

不只是比比哈努姆清真寺，撒马尔罕很多建筑都有点像喝醉了酒就似的"东倒西歪"。开始我们还以为是为了美感，特意设计的倾斜，后来才知道大多数是因为当初建造时的一些"小失误"而导致的。不管这些"小失误"是有心还是无意，最终的结果是给这些高大上的建筑在视觉上增添了些许喜剧效果。

《中亚简史》中这样记载："现在撒马尔罕以比比哈努姆之名的伊斯兰教大寺院，是在帖木儿从印度回来后在1399年动工修建的。从艺术构思方面看，这座建筑虽然雄伟壮丽，但从技术方面看，建筑地如此草率，甚至在帖木儿生前，顶上的石头就已开始掉落，危及做礼拜人的生命安全。"由此可见，比比哈努姆清真寺确实是在勉力支撑，终于在1897年的一场地震之中，轰然坍塌。如今的比比哈努姆清真寺，只是原地重建的复制品。

即使眼前的只是复制品，但能来到这因爱而生的华美清真寺，还是让我们这些女生兴奋不已，纷纷拍照留影。既然要出镜，姑娘们的形像自是不能马虎。我一把抓过小北，对着他开始整理起发型。嘻嘻，其实小北就是我户外妆容整理的秘密武器。出去玩，我总是让他戴上一副反光度很高的墨镜，这样一来，只要他往我眼前一站，就凭空生出了两面可移动的镜子，我的双手可以完全解放出来，随时随地装扮自己。建议女生都送自己的男友或是先生一副这样的墨镜，既让他们开心，又方便了自己，绝对是双赢的选择。

就在姑娘们努力凹造型拍照时，车队里的男士们却分了心思。清真寺前有几颗巨大的桑葚，正值桑葚成熟之时，树冠上挂满了奶白色的桑葚，格外诱人。只可惜桑葚高高在上，伸出手去也很难摘到。突然一阵风袭来，桑葚纷纷被吹落。顿时，男同胞们八仙过海，各显神通。文雅一点的，伸出双手去接；夸张一点的，掀起衣边去盛，露出肚皮也在所不惜；心急一点的，直接一仰头张开嘴巴，企图不经过二次污染就直接下肚。

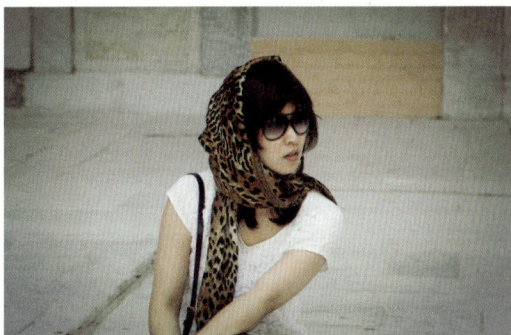

面对如此浪漫的建筑物，他们不为所动，可被风吹落的几粒桑葚却让他们的吃货本性暴露无遗。作为他们的终身伴侣，我们几位女同胞只得掩面而逃，并在嘴里喃喃地叨咕着："我不认识他们、我不认识他们……"

3.10　骂、骂、骂、骂出一条康庄大道

帖木儿陵最初是帖木儿为猝死的长孙穆罕默德·苏丹建造的，后成为帖木儿家族墓。色彩鲜艳、凹凸起伏褶皱的蓝绿色大穹顶，安坐在八角形建筑结构之上。通体灿烂的琉璃砖贴面赋予了它华丽的外衣。陵墓属于典型的拜占庭式建筑风格，即洋葱头，加上马赛克镶嵌，很多穆斯林国家的特色建筑都采用这种风格。

陵墓的主体建筑下部正中凹进去的部分叫"伊旺"，装饰简洁。伊旺并非入口，而是信徒做祈祷的地方。伊旺和建筑内部并不相通，要进入陵墓的我们需要走左侧的小门，再穿过以前的清洗堂，才算进了陵墓内部。

这哪里是一座陵墓，简直就是一座宫殿！从地面到穹顶，所有的墙面饰满了金色的花纹，富丽堂皇，奢华无比。伊斯兰特色的淡蓝色花纹图案中镶嵌着由金箔制成的美丽线条。墙壁图案的分割处，有漂亮的阿拉伯文字。大殿墙壁四面都有花窗，透过花窗，自然光线可由上至下倾泻下来。作为陵墓主殿标志

性的穹顶更是华丽无比，一位诗人在看到帖木儿陵的穹顶时曾赞叹道，"如果天穹消失，此穹顶便可取而代之。"

帖木儿和他的两个儿子、两个孙子（包括兀鲁伯），都埋葬在这里。所有的石头棺木只是墓碑，真正的墓穴在下面的一个封闭的空间里。其中最为引人注目的是帖木儿之孙兀鲁伯为帖木儿建的墨绿色玉石棺。帖木儿死前曾下过诅咒："谁敢打开我的棺木，可怕的战争就会立即降临到你们的头上。"这个诅咒，被称为世界最著名的诅咒之一。据说1740年，放置在这里的墨绿色玉石棺盖被一个军阀带到波斯，引发了一连串的厄运，甚至危及其子的生命安全。在听从宗教专家建议将玉棺还回原处后，他们逃过了劫难。两百年后，斯大林派遣科学考察团前往撒马尔罕挖掘帖木儿墓。苏联科学家打开尘封六百年的石棺地下室后的第二天，德国就发动了对苏联的全面进攻，苏联开始了卫国战争。听着这灵异诅咒的传说，站在墨绿色石棺旁的我感到背后阵阵寒意。

此时的莱丽萨并没有太在意这个传说，也许是来得次数多了，这些对于她

已成老生常谈。她环视四周，突然发现陵墓内部虽然允许拍照，但却光线十分昏暗。莱丽萨马上叫来了工作人员，用命令的口气说道："这里这么暗，怎么照相啊？给我加盏灯来！"

当时我和我的小伙伴们都惊呆了。在这如此肃穆的地方，霸气老太居然敢如此随心所欲地使唤此处的工作人员，还真是有点帖木儿后代的架势。本以为工作人员会不予理睬，甚至把我们一行人撵出来。可没想到老太这一吼，竟然立马起了作用。工作人员一溜烟小跑，没两分钟，真的给我们找了把落地灯来。

第一次在海关见到"霸气老太"莱丽萨时，我们就知道有她在，一切麻烦都会迎刃而解。后来事实证实了我们的预测，一遇到车队搞不定的事，只要老太太出面骂一骂就都好了。她身上充满了全世界都要为她让路的气质。她骂过警察不该查我们的护照，骂过引导司机不会开车，骂过高速上其他车辆为何不给我们让车。甚至在今天这样的地方，老太太也照旧发起了飙。我们不由得私底下连连赞叹：地陪莱丽萨——中亚必备！

晚上回到昨日入住的酒店，大家还惊喜地发现酒店应莱丽萨的要求，为我们升起了中国国旗。看到飘荡在撒马尔罕上空熟悉的五星红旗，我感觉仿佛一个转身就可以看见灯火阑珊的长安街……

3.11　由"轱辘"引发的信任危机

轱辘出问题了！准确来说是轱辘的轱辘出问题了！

从撒马尔罕城游玩归来，张老夫妇发现轱辘驾驶的"老三"（MG3SW）车胎瘪了。张老是全车队最资深的老司机，自驾经验最为丰富。多年的自驾养成了张老每日检查车子的好习惯。出发以来，张老每晚都会默默地帮大家把车子外部大致察看一下，以保障第二日的行车安全。

在今天的例行检查中，张老发现"老三"的左前轮毂挡圈裂了10多公分，轮胎已经一点气都没有了，看起来非常恐怖，他立刻通知了轱辘和瑞瑞。

瑞瑞看到这情景，眼圈当时就红了。一是后怕，要是在全速前进时突然爆胎……二是心疼，"老三"陪着瑞瑞、轱辘走南闯北，已经成为了他们旅行中必不可少的亲密伴侣，平日里生气勃勃的它，此时却像生了病似的趴在那里。三是生气，这个轮毂挡圈早在2011年，她和轱辘走滇藏线的时候就有轻微变形，轱辘一直以不影响使用为由置之不理。

一直以来，瑞瑞非常信任轱辘。虽然轱辘对汽车机械方面并不在行，但瑞瑞一直都随着轱辘信心满满地出征。他俩运气很好，从没碰到过机械故障。在这次出征之前，轱辘抱着侥幸心理，并没有将变形的轮毂换下。

瑞瑞忍不住埋怨起轱辘："你说现在怎么办？你总让我相信你、依赖你，跟你走。我现在一点安全感都没有了！"看着瑞瑞的眼泪已在眼眶里打转，轱辘自知理亏，唯有沉默。失去了爱人对自己的信任，轱辘像是失去了动力一样，蔫了下来。两人吃晚饭的时候都闷闷不乐。

莱丽萨知道车子情况后，信誓旦旦地保证，全包在她身上。事实上，MG 这种车乌兹别克斯坦根本没有进口，想找到配套的轮毂，在我们看来就是天方夜谭，虽说大家不太相信，但也只能将希望寄托在莱丽萨身上了。

结果，莱丽萨不负众望，带着修复好的轮毂回到酒店。所有男生都关切地凑上前去，轮毂被擦拭一新，修得几乎找不到曾经损坏的痕迹。大家的情绪一下子就高涨起来，随风和张老建议给轮子换位，把曾受过伤的右前轮换到左后，因为前驱车的前轮要承受更大压力。小北也积极地帮忙，他抓住机会观摩和实践了一回换轮胎。事后，小北喜滋滋地说："我这次开车去英国，最担心的是如果轮胎坏了怎么换，今天正好学着换一下轮胎。"那神情，仿佛终于学会了九阳真经，从此天下无敌。

3.12 布哈拉："小北"的美丽邂逅

伊斯兰教认为，人生包括现世和后世，去世后或上乐园或入地狱。根据《古兰经》的描述，乐园里的人住在流水之滨，以绫罗为衣，与美女为伴，各色水果美酒应有尽有。今日的我们就来到了这样的一片"乐园"。

烈日炎炎的盛夏，卡拉库姆沙漠的热风把布哈拉变成了大蒸笼。为了消暑，早在四百年前，布哈拉政府就在市中心围绕着蓄水池修建了一个广场。直到今日，它仍是市民的主要休闲场所。白天太阳毒辣，这里非常安静。入夜，四周音乐喷泉响起，喷泉广场流光溢彩，美妙的中亚民乐在上空飘荡。人们突然从四面八方汇聚而来，周边的餐厅将座椅搬到池边，供应着足量的烤肉、啤酒。

连续烈日下赶路的我们急需放松片刻。没有人指路，只是凭借空气中飘荡的肉香和乐曲声，轱辘、瑞瑞、小北和我便找到了这个喷泉广场。

热闹的气氛让人感觉这里正在举行一场嘉年华。临时搭建起半人高的充气

城堡里，孩子们奔跑、嬉笑、打闹。也许是血液里流动着好战的基因，当地孩子们的打闹更像是在进行一场搏击比赛。一个三岁左右的小女孩，挥舞着胳膊朝着一个比她高半头的男孩子迎面就是一拳。男孩子也不示弱，抬腿一脚把女孩子踢出半米远。虽然女孩跌在充气垫上未受什么伤，但这种场景还是让我不自禁地捂住了嘴巴。围站在四周的大人们见怪不怪，依然举着啤酒瓶谈笑风生，丝毫没有打算干预的意思。不忍心继续观看小家伙们的"暴力游戏"，我们四人继续向中心喷泉走去。

　　围绕着喷泉水池周围摆放的桌椅上都已经坐满了人，大家吃着、喝着、笑着。激光在高空中随着音乐不断变化，彩色的霓虹照在有着浓郁伊斯兰风情的建筑上，将整个场景打造得格外梦幻。

　　池边有一圈铜质的骆驼雕像重现着过去往来丝绸之路的商旅，经此处休息后，继续远征的场景。辘轳从背包中掏出笨鸡（Benji，MG的吉祥布偶，在经典地点为笨鸡取景已成了辘轳的一种旅行习惯），准备让它与骆驼合影，但如此热闹的地方，笨鸡在镜头里显得有点孤单。我们打算找个当地美女和笨鸡一同出镜。

　　不远处有位年轻姑娘，浅棕色的头发俏皮地搭在双肩，正眨着漂亮的大眼睛注视着我们，脸上还带着羞涩的笑意。轱辘过去邀请这位姑娘与笨鸡合影，姑娘爽快答应后，便径直向我和小北走来。

来到跟前，姑娘的目光直直地停在了小北脸上，迎面第一句就问："Is she your wife（她是你的妻子吗）？"

得到小北肯定的答复后，姑娘眼睛里的光芒一下子暗了。

哦？什么情况？小北被这姑娘看上了？这倒也不奇怪，一路走来，小北这款韩式小眼睛还是蛮受中亚女子的青睐，时常有人主动过来要求合影。可像这种一上来直接问他有没有老婆，老婆是谁的，还是头一次。

姑娘的脸转向我，勉强挤出一丝微笑。我赶快识趣地捅了捅站在一旁一脸茫然的小北，让他邀请姑娘一起照张相。姑娘明白后，脸上又重新焕发出光芒。她慌忙摸出自己手机，反复叮咛我们一定要用她的手机来照。

镜头中，姑娘笑靥如花，清新可人，头微微靠向小北。小北也酷酷地摆了个造型，两人看上去还挺般配。我、轱辘、瑞瑞在一旁起哄喊道："把手搭在肩上。"

姑娘似乎明白了我们在喊什么，脸红了起来，更添几分娇俏。小北轻轻把手放在姑娘肩上，幸福的表情在女孩的脸上荡漾开来。

在后来的聊天中，我们得知女孩是和母亲一起从费尔干纳来布哈拉旅游的（怪不得长得这么美，原来是来自盛产美女的费尔干纳），她现在还在读大学。当得知我们是一路从中国开车到这里，并继续要开去英国时，她用更加热烈，甚至近乎于崇拜的眼神望向小北。只是每当这炽热的眼光扫到我身上时，她眼中的火焰便又暗了下去……

第二日，继续游览布哈拉。一早起来，毒辣的太阳高高地挂在天上，强烈的光线让人无处遁形。为了能美美的出现在这座《一千零一夜》中的城市，我早早就准备好了心仪的服饰——一袭轻盈的白纱长裙，一条橘红色的丝巾，再加一双橘红色的轻巧芭蕾鞋——今天我就是童话中的公主。对着镜子摆了几个pose后，我满意地挽着小北出了门。

酒店旁边就是一座古时浴池的遗迹。莱丽萨告诉我们过去丝绸路上的商人们风尘仆仆而来，必须洗浴后，才能进城交易。布哈拉的几个城门外都设有类似的浴室。距离这个浴室不远处是著名的卡杨宣礼塔，高47米，塔身布满了砖制装饰图案。18、19世纪的布哈拉汗国经常把重刑犯从这座高塔上推落处死，因而又被称为"死亡之塔"。

在布哈拉，卡杨宣礼塔鹤立鸡群，不论位于这座城市的哪一个方位，眼球都会被他吸引。46米这个高度现在看起来没什么，但当初却令所有人都为之震撼，连成吉思汗都不得不为它赞叹，向它脱帽致敬。

找到了这座地标，就意味着摸到了布哈拉老城区的心脏。最初把它建成城市里最高的建筑目的是为了指路，白天插上旗帜，晚上点上火把，让远方的人们看到希望。在经历了腥风血雨后，它只剩下一个单一功能，就是成为穆斯林祷告仪式的一部分。这反倒是从另一个层面上回归了最初建造它的目的"为民众指引方向，使人们看到希望"。

没走多久，由于实在扛不住不断涌来的滚滚热浪，我们一致决定去大巴扎里避避暑。古城的大巴扎不仅是纺织品、铁器、金银器皿、地毯等商品的交易所，还是展示传统技艺的聚集地。作坊里，制一把刀的一招一式，绣一幅挂毯的一针一线，刻一个彩色铜盘的一锤一凿、画一张瓷盘的一笔一划……这些匠人专心地把手中的物件做到了极致。

这分明不是现代世界的制作节奏，我难以想象，按照伊斯兰世界艺术的繁复，绣完一副桌布需要多少针，刻完一个挂在墙上的铜盘需要拿着像钉子一样的凿子捶打多少根线条。若按这样计算，这些作品将是天价。我们仿佛踏入了一条静止的时间之河。在这里，中世纪的时间依然在缓缓地流淌。

当我正沉浸在自己的思绪之中时，突然有人从背后拍了我一下，"Hi，又碰到你们啦。"咦，在这里还能碰到熟人？一回头，居然是昨天偶遇的漂亮姑娘和她的妈妈。姑娘今天的装束特别帅气，头顶棒球帽，穿着紧身牛仔裤，一副青春无敌的样子。她用眼角瞟向小北，羞涩中带有倾慕。

在我们寒暄之时，瑞瑞和轱辘抓紧时间跟其他队友补充了我们昨天相遇的场面。大家一个个坏笑着起哄，让小北和姑娘再合照一张，以纪念这妙不可言的缘分。小北在一旁笑得基本已经找不到眼睛了。

看着姑娘眼光流转之间的娇羞，我只顾着跟着大家一起起哄，都忘了作为小北的妻子，本应象征性地吃个醋才对。可面对如此清纯可人的姑娘，如此单纯青涩的倾慕，我一时看得闪了神，忘记了自己。

3.13 吃还是不吃，这是一个问题

在国内段行驶时，人少，一车只有一个司机。为了保障下午行车安全，对于"吃与不吃"这个问题，我们采取的方针就是"早餐吃饱，午餐饼干，晚餐吃好"。小北、辘辘、糖糖几人作为司机甚至会经常跳过午餐不吃，以保障下午不会因进食过多，而产生困倦。那时的队伍像是随心的游侠，大家可能只是为了一碗好吃的面或是一处适合发呆的景致，消磨上大半天，然后集体狂奔，赶在落日前到达目的地即可，无需顾及太多。

出了境，队伍里的成员渐渐多了起来。现在整个车队的人数达到峰值，共计十二人。包括从喀什加入车队的许君荣、随风、张老夫妇四人，和在塔什干加入的羊毛、小饭、和那多夫妇（那多、赵若虹）。

张老由于年事较高，作为司机对吃不吃午饭倒不在意，但必须要保证一个小时左右的午休时间。在这些中亚酷热干燥地区，车子时常要停在暴晒的地方。停车后别说一小时，哪怕只有五分钟，车内的温度都会飙升到令人无法忍受的程度，中午在哪里停车，停多长时间，如何统筹安排，成了辘辘队长天天都要思考的事情。

后来车队里加入了更多成员，对吃的要求更为复杂化了。在队员们关于"吃"的态度上，辘辘写过这样一段话：

在开车去英国的车队中，瑞瑞算是比较讲究美食的，不但能品出味道，还能写出味道。八金半是女中豪杰，胃口相当不错。当然胃口最好的就是我辘辘本人了。糖糖是个随意的人，吃饭时有杯啤酒就可以满足。至于小北，常常会象征性的表扬

食物好吃，但往往在吃了两三口之后就表示已经吃饱。

车队过了塔什干，加入了赵小姐、那多和小饭三位，车队的美食指数进一步提高。赵小姐来自上海文娱圈，颇有名气。她属于一天要吃五顿的美食主义者，她的先生那多开的饭店就叫"赵小姐不等位"，明明白白地表示赵小姐在吃饭问题上，是不能马虎也不可怠慢的。只是赵小姐最怕拍照显胖，可她对于美食又全无抵抗力，所以只能吃完后，在房间里加倍跳操。

小饭则是无肉不欢，时间一到就会关心今天吃什么？有没有烤肉？如果没有足够的肉，他略显苍白的脸色会显得更加没有血色，而如果看到了美味的肉，他那不大的眼睛就会绽放笑意。我问小饭，他取笔名小饭是否因为自己太喜欢吃了，就冠个小字，提醒自己节食？他答道，没有的事，只是因为年轻时喜欢过一个女生，名叫小菜……

吃，的确众口难调，但在某些时候，大家所有关于"吃"的问题都可迎刃而解，那就是在路边休息站的树荫下小憩摆好几张伊斯兰的大木床，铺上手工的绣毯和靠背，我们集体盘腿坐在床上，乐悠悠地先叫上茶与糕点。接下来，想吃肉的点肉，想休息的躺下，剩下的则天南地北吃着茶点大聊特聊起来。中亚的太阳虽然毒，但是只要在阴凉之下，风儿却是凉凉的，拂在身上十分的舒服。大家借着树荫，吃着美食，躲避着耀眼的阳光，享受着朴素而又难得的时光。

3.14 "如厕"乐事一箩筐

我——作为一件"幸福行李"——每天可以有很长时间坐在车里看天空

的变化。早晨，太阳升上地平线，努力爬到最高点再回落。明媚的阳光下，清冷的月色中，车轮不停地转动。山、湖、树、沙交替出现。天空蓝了、红了、黑了、又蓝了。

赶路的日子，从不曾沉闷。与当地人短暂的交流时常令我们开怀大笑。一次，在乌兹别克斯坦路边休息站，憨厚的当地大叔提了一大壶凉开水倒给我喝。接过杯子，我习惯性地说了一句"Thank you"，大叔脸红了一下，嘴巴张了又张，憋了半天，回了一句"very much"，我刚含到嘴里的水一下子就喷了出来。看来，这填鸭式的教学绝非我国独有！

除了发生在身边的这类搞笑的小段子，天天应对上厕所的问题，也足以让时而略显单调的旅途充满别样的欢乐。

出行前车队就规定了，只要有人要上厕所，车队都要以此为重，优先安排。我对于卫生间的执着是从小养成的，上学时，每节课的课间都会拉上好朋友一同前往，美其名曰增进友谊，还高唱着"走过、路过、不能错过"的口号。这份执着在平日里倒没给我带来多大的麻烦，可远行就会带来很多不便。

车队行驶在中亚时，沿途厕所非常少，即使有，也都是处于无人管理的状态，摇摇欲坠的木板，浓烈刺鼻的气味，着实让人不敢接近。所以就会出现以下情景：哇！看到一个合适方便的土坡，大家沟通后靠边停车，飞奔至土坡准备方便之时，又发现此处遮挡效果不佳，有被远处车辆看到的可能，一番思想斗争之后，横下心来把脸一挡，做"掩耳盗铃"状。

车队里的男士们刚出发时，个个都特别文雅，至少要跑到距离车子200米以外的地方方便。随着时间的推移，他们就越来越放开了，只要找好方位，不暴露重点部位，十米之内就可心安理得地解决内急。

一次，车队众人停车方便之时，一辆驮着几只驴的车子飞驰而来，驴子们正觉无聊，看到我们热情高涨，除了饶有兴致地盯着我们，还开心地嘶叫声，像是遇见久日未见的好友。

关于"如厕"这件事，我之前还闹过更大的笑话。2012年8月，正值非洲动物们大迁徙的季节。当时世界各地摄影爱好者都扛着长枪大炮各种高端摄影器材，开着四驱敞篷在马赛马拉大草原上晃悠，随时准备捕捉精彩画面。那时候，想找个安静的地儿上厕所可真不是件容易事。我和同行的几个女孩心生妙计，把随身带的大丝巾展开，围成一道人工屏风，解决内急的问题。计划是不错，但我疏忽了自己当时带的是条豹纹大方巾，结果展开丝巾，刚一蹲下，就听见远处的马达声越来越近。偶滴神啊，正在附近四处溜达的摄影队用长焦镜头看到了豹纹，以为发现了野生豹子，纷纷聚拢过来。接下来的场面，亲爱的读者们你们可以自己想象了……

3.15 沙漠之城——希瓦

从布哈拉到希瓦，车队穿越了400多公里的红沙漠。一路路况较好，偶有流沙。

关于希瓦古城的来源，莱丽萨给我们讲述了这样一个传说：很久以前，这里只有大片沙漠，鲜有水源。后来，有

一个圣人到了此地，把神杖往地上重重一插，汨汨的清泉顺着神杖冒了出来。人们欢喜雀跃，发出"嘻哇"的感叹声，后来就变成了这个古城的名字——"希瓦"。希瓦曾出现在金庸的《射雕英雄传》里，就是郭靖帮助成吉思汗攻打的城池。

为了抵抗外敌，希瓦古城特意修建了内外两圈城墙。内城是完整的长方形小城，里面都是大汗、官员和富商的居处，主要观光景点均集中于此，外城则是平民的居住地。我们住宿的亚洲酒店就在希瓦的内城墙边。到达时太阳还没下山，小北和我决定趁着有些光亮，四处转转。

虽然这个城市如今已有自来水供应，但人们还是习惯使用免费的井水洗衣做饭。水在这里仍是很宝贵的资源。在内城城墙下，我们发现一处水管破损，汨汨地不停往外涌水。破损的水管旁边围满了从四面八方赶来取水的人，大多数都是小孩子。他们自带着简易的手推车和绑着麻绳的塑料桶，卖力地将盛水容器装满。别看孩子们个头不大，但拎起水来个个都是大力士。

一旁的地上有一大片积水，顽皮的孩子们在水中奔跑嬉戏，将水花溅得高高的，场面十分欢乐。

穿过人群，我们进入希瓦内城。这里围墙保存十分完整。沿着内城土坯垒的斜坡可以爬到城墙上面俯瞰整个内城，可惜坡度对于我来说难度系数有点高，脚下的砂石总向下滑，为了安全起见，我放弃攀爬。

就在我遗憾无法登高远望时，几个当地小孩子"嗖嗖嗖"地从我身边冲过去，眨眼功夫就冲到了城墙上头，然后还回过身来，向我们挑衅般地挥了挥手。小北自然不服，一步三滑地爬了上去。等他下来时，我兴奋地问他上面景色如何？他却茫然地看着我说没看到，原来这位同志刚刚只是不服气、不服老，一心想着非要登上城墙不可，至于爬上去最起码的要看看古城全貌这种事情都抛在了脑后。

渐渐暗下来的内城里，游人散去，商贩们一边慢悠悠地收拾摊位，一边利用最后的机会向小北和我兜售商品。希瓦当地人喜欢呆在门口的大床上，或坐或躺，十分惬意。据说，这种习惯千百年来都没有改变过。经过那些被留在民居门口外的大木床时，似乎还能感受到人们离去前留下的余温。

第二天早上，在莱丽萨的带领下，我们正式从古城正门（西门）开始游览希瓦。原来，进入希瓦内城是需要购票的，而且还要购买照相票（每张照相票大约相当于人民币15元）才有拍照的资格。看来昨晚我们的入城闲逛属于违规行为。

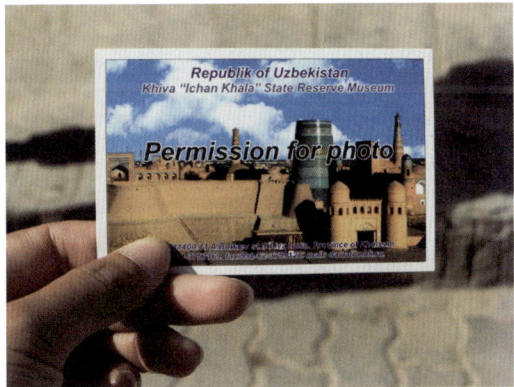

身旁不起眼的建筑就是希瓦王宫，看起来略有寒酸。莱丽萨指着院子里不大的圆形平台介绍，到了冬日，要利用日照取暖，可汗就在这里搭个蒙古包办公。他每日的工作繁重，除接见外国来使和议事之外，还要充当法官处理大量刑事案件。根据传统，他每天午祷之后，需要花至少四个小时亲自审理从偷窃到杀人的各种案件。

可汗有四个王妃，她们并排居住在类似于我们今天的联排别墅式的二层小楼。每人一栋的"别墅"无论从外观还是内部构造来看都相差无几。王妃别墅的对面住着可汗的40个嫔妃，她们居住的房间类似于今天的酒店公寓。这些嫔妃的日子可不休闲，个个都要像奴隶一样干活，织地毯、刺绣或缝纫。

可汗和王妃们住的"别墅"朝北，嫔妃们住的"公寓"朝南，可汗认为在酷热的希瓦，让女人们多被太阳晒晒，就没心思相互争斗，故将嫔妃们的"公寓"特意安排成朝南。堂堂的可汗想必也是在饱受后宫烦扰后，才想出这个"损招"的吧。

到了中亚，不能不参观清真寺。一路来林林总总看了数不清的清真寺，从最初的惊艳到后来的麻木。每个清真寺都大同小异，内部华丽且没有任何雕像，伊斯兰教反对偶像崇拜，认为除真主外，别无神灵，所以清真寺内不会供奉任何雕像、画像和供品，看到最后我闭着眼都能够猜到里面的样子。不过，希瓦的Juma（朱玛）清真寺到是出乎我的意料。

一座面积近2500平方米的平房式大厅，没有拱门，没有拱顶。厅内是简单的灰墙，偌大的顶部，由213根雕花木柱支撑。

这座清真寺最大的看点就是眼前这二百根十多米的柱子。有些柱基是球状原木，有些是方形大理石。柱体布满各不相同的雕花，有栩栩如生的植物、花卉图案，有曲折回环的阿拉伯文字。莱丽萨指着这些粗细和雕饰相差甚远的柱子告诉我们，这些柱子分别来自于不同的地方，雕刻于不同的时代。木柱的木质虽然优良，但仍然逃脱不了岁月的侵袭。腐了、坏了的木柱便用其他木柱来代替，不停地更新替换，共同支撑起的这片带屋顶的庭院。

每根柱子上都标有其竖立的年代，多为10世纪至18世纪之间。我用手轻抚木柱上的雕文，第一次用触觉去感受一个清真寺。指尖划过，不禁想知道曾发生在这些柱子上的不同的故事。

庭院中心是一小片天井，自然光束从上空投射进来，一片圣洁与祥和。空气中的细小微粒在光线反射下胡乱舞动，像极了世间凡人无头绪的奔波和烦恼的样子。

有清真寺就一定有宣礼塔。宣礼塔是为按时召唤信徒做礼拜而修建，每座清真寺至少有一座。不大的希瓦拥有上百座宣礼塔，尽管它们高度、彩饰各不

相同,但一座座皆似巨大的惊叹号冲天耸立,为静谧的小城添了几分壮丽。最高的宣礼塔是位于城市中央广场的霍加宣礼塔。这座宣礼塔高45米。圆锥状的塔身上镶嵌着一道又一道蓝白两色相间的瓷砖,塔顶有一个带拱门的灯火室,再上面则是一个带尖顶的金冠。

　　不过,在希瓦最著名的宣礼塔并不是最高的霍加宣礼塔,而是希瓦王宫旁一座贴着青绿色瓷砖的半截宣礼塔。此塔雄伟粗大,高仅29米。据说,1851年,希瓦可汗打算建造这样一座80米高的宣礼塔,其主要目的是为了从塔顶眺望布哈拉汗国的军事动静。布哈拉汗王得知后,便放风说,希瓦的高塔建成之后,他将聘请这位建筑师在布哈拉也修建一座。希瓦可汗闻此,就密谋在宣礼塔建成后将建筑师处死。这个消息传到建筑师的耳朵后,他担心自己的安危,连夜逃跑了。后来没几年,这位可汗就死了,他的宏愿没能完成,却给后人留下了一座漂亮、雄壮的半截宣礼塔。

　　游览的最后，莱丽萨将我们领到一座对游人开放的宣礼塔下，建议我们爬上去俯瞰希瓦全景。腿儿已经累得直晃悠的我，宁愿选择坐在塔下休息等候。瑞瑞和轱辘尚有余力，代表大家爬了上去。据他们后来说，里面黑漆漆的，只能透过小孔照进微弱光线，他俩手脚并用地爬了118级台阶，登顶时气喘如牛。至于全景如何，轱辘借用了乌兹别克的一句谚语："宁愿出两袋黄金，但求看一眼希瓦。"

　　希瓦在我的记忆中，始终有着不真实的感觉。空旷的空气中，石子滚动的声音，既遥远又清晰。路边虚掩的房门内，主人可能正热火朝天忙忙碌碌地做着饭，也可能已经离开了千年。这座古城没有撒马尔罕或布哈拉那么辉煌耀眼，它仿佛已被时间抹去了色彩，只剩下了最本真的样子，直指我们心底最柔软的部分。

3.16 荒漠巧遇"真行者"

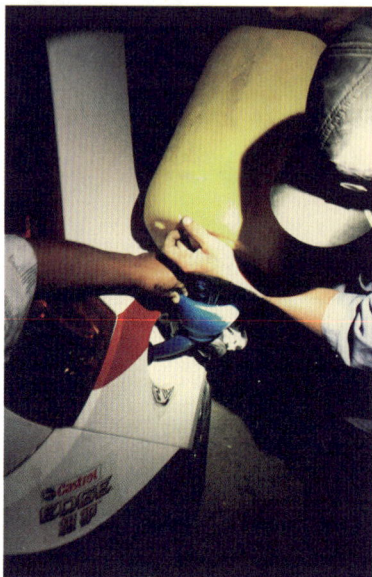

车队路书上这样介绍今日的行程，"进入欧洲前的煎熬，欧亚大陆的心脏，无比干燥，无比空旷，一个天然的欧亚大洲隔离带。"住宿处标明：无名字，外号——龙门客栈。

昨夜进入努库斯后，我们发现附近居然没有加油站可以加油。霸气老太当即发飙，为她服务的引导车司机马上缩着身子，蹓出门外。等到晚上十点多，司机师傅弄来了一辆破到连车子的后备箱都要用木杆支撑的拉达汽车，里面放着装满了汽油的食用油塑料桶。男队员们借着手机打出的光，端着不知从哪里找来的漏斗，完成了整个车队的加油重任。

今晨，从努库斯出发后，果真看到几乎所有油站都关门了，不少油站的加油机甚至用布套子罩了起来。从如此光景推断，缺油的状况应该不是一天两天了。从希瓦开始，车队加油越来越难。每个加油站都很小，加油机十分陈旧，而且时常没油。即使有油，往往也只有低标号的汽油。在来之前，就有人告诫我们要注意中亚段的汽油品质，甚至有人建议我们备上几条旧丝袜来过滤汽油中的砂石。

这么缺油，在路上嗖嗖跑的汽车怎么解释？而且，中亚也不该缺少石油资源。对于我们的疑问，莱丽萨给出的答复是这里的车基本上用的都是天然气，汽油的加油站很难生存。

乌兹别克斯坦的地形地貌很像我国的甘肃省。东部植被丰富，往西则多沙漠绿洲。撒马尔罕和布哈拉之间，植被丰茂，桑树很多，路两边种植棉花和玉米。从布哈拉到希瓦，基本上是沙漠。在希瓦周边，虽然地处沙漠腹地，水量还算比较充沛，我们看到了大片水稻。

离开希瓦后的路则越走越荒，越走越破，"小三"频频托底，"咣、咣"的响声听起来让人胆战心惊，真担心它就此趴下。在100多公里的"烂路"结束后，我们重新陷入茫茫的戈壁之中，两边的景色单一、重复，有时甚至让人怀疑进入了一个不断重复的死循环。

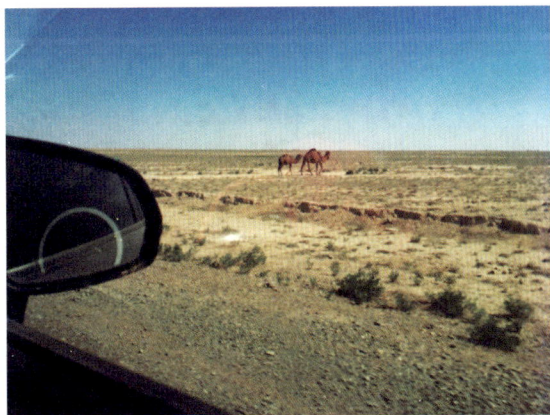

几个小时没见到过其他车辆了，这种沉闷让人禁不住想要打瞌睡。为了驱赶困意，瑞瑞在手台中发起了话题，"你们想过自己竟会有一天出现在这种荒无人烟的沙漠中么？有没有觉得特梦幻？咱们正在做着很多人连想都不敢想的事呢。我们到底是为什么而来的呢？每个人都有不同的理由吧？"瑞瑞一连串的问题激起了大家的兴趣。什么梦想啊，自我挑战啊，一个个说得不亦乐乎。

正当我们每个人都觉得自己特别牛，居然能开车来到中亚这种边远苍凉的无人区时，地平线上出行了两个小黑点。黑点由小及大，转眼就到了眼前。刚刚的小黑点居然是两个骑着自行车穿越戈壁的人，过度的日晒已经让我们无法辨认他们的国籍。骑行者的突然出现让刚刚还是热闹非凡、相互称赞的我们瞬间鸦雀无声。两位行者从我们车边骑过，也许是为了保存体力，他们甚至没有多看车队一眼，只是一个劲儿地向前骑。这种骑行简直就是与死神并肩，在前后几百公里没有补充供给的地方，一个小小的失误，都可能引来致命的后果。他们离开的背影很快再次变成了两个小黑点，消失在地平线。

手台里仍旧一片寂静。做人还是要低调，刚一得意，比我们牛不知多少倍的人就出现了。全车队进入自我反思……

又不知过了多久，电台里传来了联络官许君荣的声音："我们到了！"向车窗外望去，视线所及范围仍是相同景致的戈壁，只是在眼前多出了几间孤零零的房子，显得十分突兀。没有别的可能，今晚能睡的地方只有这里，我率先冲了进去。因为之前把预期降到最低，进了客栈反而发现实际状况比我预想的好太多了。两人一间套房，屋内还有自来水。

我立刻欢欣鼓舞地奔出来，打算把好消息分享给大家，却发现所有人都

离开了自己的车子，围成了一个圈。原来刚刚到达"龙门客栈"的除了我们，还有一对儿年轻、帅气的德国情侣。

他们骑着摩托车从德国出发，打算一路骑去日本。两人一脸阳光、神采奕奕，精神状态极佳。他们身上的专业机车服可以与摩托车相连，具有保温、除湿等多种功能，看起来十分高级。摩托车仪表盘上固定了几只玩偶，陪伴他俩一起度过漫漫长路。这对儿情侣并不打算在"龙门客栈"过夜，只是加个

油，然后就要直接飙到努库斯。听到这里，我不禁为他们捏了一把汗。

我问他俩是否会路过中国时，德国姑娘遗憾地摇了摇头，"开摩托车进中国的手续太麻烦了，我们办不下来。"

这姑娘有股特别招人喜欢的爽利劲儿，个子高高的（估计净身高一米八），眉眼像极了茱莉亚·罗伯茨，但举手投足之间更多几分英姿飒爽。我们一起开心地拍照、交换签名，没时间再进行更深入的了解，加完油后他们就与我们匆匆告别了。

我们从地球的两端出发，经过短暂的相遇，又各奔东西。在旅途上相遇的人有些不需要过多语言便可惺惺相惜。即使今生不再重逢，已足矣。

3.17 "龙门客栈"之风起云涌

越是人迹罕至的地方，越可能触碰到近乎梦境的画面。

在"龙门客栈"安置好自己的行李后，大家发觉这里一无WiFi，二无电视，三无可以逛的地方，那接下来我们要干什么？吼吼，茶话会开起来！

这里每间房都是大套间，正适合大家聚在一起喝茶、聊天、吃零食。我们每个人都开始翻箱倒柜，把自己从国内带的好吃的全找出来。一手拎着吃的，一手拎着板凳，聚到轱辘和瑞瑞的房间。

刚到门口，就听见轱辘在屋里发表着关于人类交流的退化与社会进步的相关性的演说。他认为人类住进城市，住进设施先进的公寓，交流就变少了，而生活在条件差的农村，人们则非常乐意聚在一起聊天。比如现在这种聚在一起开茶话会的情况，若是住在条件好的酒店里是绝不可能发生的，随便刷刷朋友圈就能把时间占得满满的。

轱辘一直在追求回归本真的生活状态，立志做一名新时代的农民，一个简单的生活者。他身体力行地将家搬到上海郊区，用16亩的面积来完成他的春秋务农大业。

轱辘的演说还没完，许君荣就走过来告诉我们，莱丽萨新换了一位驾驶员，是人类学退休的大学教授。教授打算晚饭后，在客栈里给我们讲讲关于中亚各国文化的发展。这个消息让众人一阵兴奋。想想看，在满天星空下的辽阔无人区，我们围着篝火，听着乌兹别克斯坦的老教授讲那些"过去的事儿"，这种机会恐怕真是一生只有一次了。正当大家欢喜雀跃的时候，意外也悄悄降临了。

晚饭时，轱辘突然被叫走。过了半小时，他重新回到餐桌，一脸凝重地告诉大家，我们过些日子要到达的格鲁吉亚边境发生了泥石流，口岸目前已经关闭。格鲁吉亚政府正在抢修该路段，可能需要10-20天时间。原定的5月28日顺利通关的可能性变得极小。大家一下子被弄懵了，行程中断了？

其实，轱辘几天前就知道了这个情况，他没有提前告诉大家是因为在等国内协作方给出解决方案。

轱辘顿了顿，继续说，"我们现在有四个备选的方案，大家讨论一下，看看哪种方案最可行。

方案一：放弃格鲁吉亚，前往俄罗斯索契，从索契港通过海路前往土耳其。但经查询，索契的船要在6月中旬才会开航。

方案二：从哈萨克斯坦进入土库曼斯坦，再通过伊朗进入土耳其，不过，要在这么短的时间搞定土库曼斯坦和伊朗的签证，几率甚小。

方案三：从俄罗斯阿斯特拉罕改道北上，穿越俄罗斯到拉脱维亚、立陶宛、波兰，进入德国，预计14天后在奥地利萨尔茨堡回到原来的行程中。

方案四：从俄罗斯走阿塞拜疆，绕路进入格鲁吉亚，这样可以最大限度保留原先行程。"

轱辘讲完，餐桌上炸了锅，有人主张方案三，认为那是一条更为刺激的路线，但大多数的队员还是想选择变动较小的方案四。

阿塞拜疆？好吧，我承认，单凭这名字我就感到有些不安。况且在这么短的时间内，取得阿塞拜疆的签证，也并不容易。明天就是星期五，要获得签证，必须今晚连夜进入哈萨克斯坦，再马不停蹄地赶到1000公里外的阿克套办理阿塞拜疆签证。换句话说就是我们需要马上启程，开启披星戴月的荒漠狂奔模式。

想到这里，众人个个开始摩拳擦掌，用各自的方式为将要迎来的不眠之夜做准备。有的精神抖擞地跑出门外抽烟，有的马上赶回屋中睡觉准备开夜车。我们是一支不惧怕变化的队伍。当初选择开车去英国时，大家就做好了可能会面对各种突发事件的心理准备。

可当轱辘和许君荣把这个决定告诉莱丽萨时，莱丽萨第一次显示出慌张的样子，大声说："不、不、不，这绝不可能！"

面对莱丽萨的反对，轱辘坚持要执行这个方案。莱丽萨觉得我们这个中国车队简直就是"疯了"！她一个劲儿地叨叨："天啊，天啊。"

然后，用各种理由反驳我们的决定，比如接下来邻近边境的路段十分难走，即使是在白天都要万加小心，根本无法在夜间行驶。再比如即使连夜走，也绝不可能在明天下班前赶到阿克套。老太太的精神好像受到了强烈冲击，没有了昔日不可一世的样子。她看上去十分疲惫，脸上的皱纹似乎更加明显了。

僵持半个小时后，莱丽萨摸出烟，缓缓退出房间，走到客栈外。她不停地开始抽烟和打电话。就在她愁容满面的四处联络时，车队里的其他成员，包括我，在离她不远处的一个小土坡上聚成一圈，没心没肺地讨论着穆斯林国家实行的一夫多妻制是否合理这一话题，还不时爆发出阵阵笑声，完全没有被刚刚的突发事件影响情绪。我们高昂的情绪，在莱丽萨看来，简直就是疯癫的表现。她无奈地摇了摇头，眉头紧锁地继续拨着号码。

不知谁大声喊了一句："快看！天边！"我仰起头，此时的大半个天空好像着了火，热烈的红色伴着娇艳的黄，在荒芜的戈壁上显得极为妖娆。整个天空像是知道黑暗即将来临，尽情地展现着自己的万种风情。落日的余晖肆意幻化出梦幻的色彩，渐渐霸占了整片天空，整个地面。最苍凉的地方却拥有最浓烈的美，如待字深闺中的绝色佳人，美而不被人所知。

我在世界各地看过很多美丽的夕阳，它们或多或少都被赋予某些当地特色，比如巴厘岛的唯美、吴哥窟的神秘、夏威夷的火热、冰岛的洁净。唯独这次的落日最纯粹，它无需，事实上也没有任何事物来映衬，便毫不费力地吸引了我们全部的目光。

莱丽萨仍专注地打着电话，并不停地挥舞着手臂，似乎是在强调着什么。当她重新走回轱辘房间时，脸色更难看，毫无回旋余地拒绝了车队连夜赶路的要求。莱丽萨表示万事以安全为主，并建议让国内协作方写信给阿塞拜疆大使馆，说明情况，争取获得落地签或者免签机会；又或者在进入哈萨克斯坦后，让许君荣代表车队飞去莫斯科，申请阿塞拜疆签证，这样一来可以挤出三至五天申请时间。

夜深了，他们的讨论还在继续，今夜肯定是无法启程了。从七点钟就入睡准备"开夜车"的那多，今晚怕要失眠了……

3.18 太残酷的残酷，让人不敢直视

次日，我们按照原计划奔往100多公里外的乌哈边境。路面状况的确十分糟糕，看来莱丽萨昨晚并不是在吓唬我们。可能因为路越颠簸越不易被邻国侵犯，进入中亚后，我们每次仅凭路况的颠簸状况就可以知道是否要临近国境线，我们将之定义为"边境烂路惯例"。

中途休息时，莱丽萨点燃了一根香烟，面带疲惫地说，"昨天我没有同意你们半夜就出发，其实还有一个很重要的原因。"

正当我们等着她的答案时，她突然问了一个似乎与上一句完全不相干的问题："知道为什么你们的车队进入斯坦国后必须配备当地专门的引导车吗？"

"是为了对我们车队进行监控吧。"我脱口而出。

"嗯，但也不全是。"莱丽萨顿了一下，淡淡地说，"在我们几个斯坦国交界的两千五百平方公里，也就是这附近，埋着三百万枚尚未引爆的地雷。若没有引导车，让你们四处乱开，就有可能引爆地雷，会引起重大外交事件。如果昨夜出发，万一不小心驶离公路，后果不堪设想。"

地雷？众人鸦雀无声。我的记忆被瞬间打开，在吴哥窟，我曾看到过很多被地雷炸成残疾的村民。他们好多是在上学、种田、送饭的路上被炸断了腿、被炸瞎了眼。失去了劳动能力后，他们变成了"残疾人乐团"的成员，为来吴哥游玩的各地游客表演节目，以此谋生。每次看到这些人貌似欢快地奏着乐曲，娱乐众人时，我都扭过头去，不忍注视。

为什么不扫雷？我得到的答案是：对不起，太危险而且没钱。

埋下一颗地雷，只要三到二十五美金，速度极快；而扫除一颗地雷，需要几百甚至上千美金。扫雷员必须冒着被炸得粉身碎骨的危险，趴在地上，用测雷的金属棒一寸一寸试探。扫雷不但危险，还需要上亿的资金支持，而这些地方有的人连饭都吃不上。

目前，全世界的地下仍有至少一亿枚地雷等着被"误触"。另外，还有两

亿多枚地雷等着客户下订单。这些数字令人不寒而栗。被太多眼前快乐包围的我，几乎忘记了，有时候，现实竟如此残酷。

3.19 乌哈边境：连鸡毛掸子都不放过的彻查

再次上路后，手台里悄无声息。昨日的变故，今日的地雷事件以及接下来的入关盘查，让我们无心闲聊。

人类学教授看起来跟边防警察很熟，每次遇到检查，都是他先下车，总有身着制服的人同他热情握手。怪不得这次出关，莱丽萨钦点他来驾驶引导车，看来的确是"熟人好办事"。

在众多步行的乌兹别克斯坦民众注视下，我们车队以VIP的姿态直接停在最前排。之前过于顺利的开场让我们对过关形势有了错误的判断。堵在关口的我们迟迟不见铁门开启，只得关闭汽车发动机。干燥、闷热，每一口呼吸都掠夺着身体内的水分。时间一分一秒地过去，眼前的画面仿佛是不断重播的录像。烤焦的尘土味儿肆无忌惮地漂浮在空气中……

"这简直就是集中营。"突然手台中突然传出了轱辘队长的嘟囔。

终于，一个全副武装的大汉从铁门中探出头来，将铁门微微推开，对着我们打了一个响指，示意我们进入。办理乌哈两国民众的通关关口，因为我们的到来，被暂停了。两旁的民众们继续在烈日下等待，脸上没有显出任何不满，也没有人对此提出质疑，他们似乎早已习惯不公的待遇，用麻木来默默承受一切。

所有的边检人员都围在了我们这支来自异乡的车队周围。按照之前通关惯例，我们每个人准备拿上一件随身行李接受扫描检查。可这次，检察人员明明白白地要求我们将车上所有行李卸下，一件件接受扫描。所！有！行！李！众人一听大惊，赶紧找来我们的靠山莱丽萨，可这次霸气老太的威力不好使了，海关的工作人员完全不买账，坚定地摇了摇头，不听任何理由。莱丽萨无奈地垂下了头……

　　整整五车的生活用品被一一卸下，这是怎样的一种场景。我差点当场囧死，我们车内的东西基本属于摊开状态，除了两个大箱子外，其余零零碎碎二十余个包，物品包罗万象，有小北打算给我惊喜而私自携带、准备放飞的几十个孔明灯、几十双打算边走边扔的旧袜子、以及内衣、被子、枕头……时间根本不允许我们好好收拾一下再搬出来，很多私密的东西就这样赤裸裸地被拎出来，摆放在海关大厅。

　　另一侧，张老的鸡毛掸子也被搜了出来。海关的官员从没见过这等物件，张太只得连说带比划地给他们演示其使用方法。轱辘的车子已被腾空，海关人员开始检查每个角落，方向机底下的空槽、座位的夹缝、甚至车顶都被用手捶地砰砰响……

　　莱丽萨看着眼前混乱的场面，内疚地说："这次我没有把事情做好！"她在可以被称为"老奶奶"的年纪，透支着自己的精力，天天陪着我们东跑西颠，已是不易，还要经常为我们这些搞不清状况的外国人"出头"。大家完全没有责怪莱丽萨的意思。车队里的每个人都尽量做出开心的样子，告诉她，这不是她的错。

　　一件件的物品被放到了传送带上，我一边忙着数物品个数，一边又担心传到对面的东西丢失。小北作为司机，不能离开车子。幸好瑞瑞，若虹，那多他们都跑过来帮忙。若虹平日外号"上海滩嗲妹妹"，可真碰到了事情，却丝毫不娇气，反倒显出女汉子的干练来。她脚踩着美美的高跟鞋，拎起重物如履平地，跑前跑后帮着搬运物品，令人刮目相看。那多也一改往常文人"羸弱"的样子，两只手臂上挂满各种袋子，像移动的圣诞树一样到处飞奔。哪边忙不过来，他们就奔去哪边，不停地连轴转。

　　在检查快要结束的时候，一个边防帅小伙走了过来，倚在我们车旁，久久注视着我们机器盖上贴着的行车路线。他激动地看着我们，用不太流利的英语问道，"这些、这些、和这些地方你们都会去吗？"

　　"当然。"我仰起头响亮地回答他。边防小伙继续痴痴地望着地图，喃喃自语："伦敦、伦敦，巴黎、巴黎，这么多、这么多的地方……"他像是看到毕生的挚爱一般，紧紧地盯着在那张地图。过了一会儿，他默默弯下腰，主动帮我们把行李重新搬回车上，一件一件码好，表情庄严而神圣，他知道这些东西将要去往他今生梦想，却可能永远无法到达的地方。

3.20 "泥石流"也不能阻挡我们的前进

进入哈萨克斯坦，按照"边境烂路惯例"，首先迎接我们的是在预料之中100多公里的颠簸。

海拔表显示一直在-30米左右，两边渐渐出现盐碱地的痕迹。大片洼地已经干涸，露出泛白的盐花。令人惊奇的是，这边的干旱植物长势极好，若不是刚刚路边停车时，观察到了地面的盐碱状态，简直就像来到了大草原。莱丽萨通过手台介绍，每当雨季来临时，这里会形成一个小湖泊；进入炎热少雨的夏季时，湖水减少便形成了盐碱地的状态。

今天也是小北和我离开北京整整一个月的日子，我在行车记录上兴奋地写着：

"出发一个月啦！今天，天气晴朗，车外温度38℃。此刻我们正奔驰在被阳光和云朵分割得明暗相间的哈萨克斯坦戈壁上，在强烈的日照下，干涸的盐湖底部反射出耀眼的亮色，所见之处光影纵横。路两边的野骆驼不爽地用眼角瞟着我们，想必是轰轰的马达声打扰了它们安静的进餐。夕阳时分，路上出现了可爱的土拨鼠。它们个个挺直脖子、绷直身体、朝向落日。

由于过于沉迷美景，即使有车子经过，土拨鼠们也一动不动，不惜冒着被过往车子撞飞的危险，拼了命也要享受这世间美景。车队开得极为小心，避免伤到这些呆萌的小生灵。当我们停下车想去近距离的观察它们时，小家伙们却逃得无影无踪，只在土地上留下一个个作为藏身之所的小土包。"

在我飞速记录之时，辗辘通知车队，之前令大家担心的变更行车线路的问题，国内协作方给出了最终解决方案。经多方证实，阿塞拜疆签证必须在北京才能申请，我们不得不放弃这个打算。俄罗斯方面帮我们找到了横渡黑海的船，但我们必须在5月28日前赶到新罗西斯克港。

格鲁吉亚拉尔斯口岸至今没有任何更新的消息，如果我们执意赶过去，若口岸继续关闭，情况会变得非常被动，有可能导致后面大部分行程全部作废。最终选定的这个渡海方案仅会影响俄罗斯五山城、格鲁吉亚的第比利斯以及巴统三天的行程，是一个十分合理、可行的解决方法。

前景明朗了，大家都长出了一口气。

3.21 在阿特劳寻找亚欧交界点

马上就要进入欧洲了。虽然早就知道在一路西行的过程中，我们有好几次穿越欧亚交界点的机会，但此刻的我们还是难以掩饰激动的心情，不能免俗地一直追问莱丽萨，在阿特劳是否能见到跨越亚欧大陆的明显标志。在得到肯定的回答后，大家开始暗自琢磨起一会儿去拍"到此一游"的照片时，要选用哪种标志性的pose（姿势）。

阿特劳，是哈萨克斯坦在里海沿岸最重要的港口城市，位于亚欧大陆界河—乌拉尔河畔，常常被认为处在两个大洲的边界上，平均海拔低于海平面近20米。

我们入住的酒店就在乌拉尔河边上，根据莱丽萨的提示，"从酒店顺着乌拉尔河走出去不到500米，就可以看到一座大桥。标记就在那座大桥附近。"——我们凭着这句话，自信满满地找了过来。大家从大桥的东岸（亚洲部分）走到西岸（欧洲部分），来来回回几次仍没有发现什么标志性建筑可供我们拍照。

问了很多路人，发现当地的英文普及度相当低，很难顺利沟通。不过，路人个个大方得体，虽没有给出我们想要的答案，可热情洋溢的笑容仍让人感到如沐春风。遇到一群正在旅行的学生，热情地围着小北要求一起合影。来到中亚，惊觉小北笑眯眯的韩式小眼睛特别吸引这里的女性，简直是老少通吃。估计这个区域到处是混血型的浓眉大眼，所谓物以稀为贵，突然看到小北，自然觉得此君貌比潘安了。

热热闹闹的合影过后，有些遗憾的我们悻悻地开始往回走。谁知走下引桥突然看到了一个圆顶亭子，上面用金色的英文赫然标记着"欧洲"的字样。踏破铁鞋无觅处，得来全不费工夫。兜兜转转这么半天，竟忽视了必经路上的小亭子。不用问，在桥那边对称的位置上，一定也有个一模一样的亭子上则标志着"亚洲"的英文字样。这两个亭子就是莱丽萨所指的标记。

如愿的拍完了"到此一游"的照片后，看着快要下山的太阳，想起莱丽萨关于落日之后这里的蚊子十分凶残的警告，大家赶紧往回走。身旁的乌拉尔河里，很多不同肤色的青年人在游泳、嬉戏。他们响亮的笑声回荡在大桥上，贯穿欧亚。

张太刚刚由于身体不适没有与我们同行。在回去的路上，远远地看到了精神有所好转的张太向我们招手貌似用手在画着圈。本走在我身旁的张老马上快步冲了过去，并丢给身后的我们一句解释："老太太是想骑自行车了，我得去陪她了。"

看着张老张太手牵着手一同去取自行车的背影，真是秒杀一切浪漫。当我老了但还想玩，你仍能陪在我身边和我一起玩，这就是最长情的告白。

3.22　告别"弹坑路"，告别中亚

对于哈萨克斯坦，我们尚未熟悉便又要匆匆离开。从吉尔吉斯斯坦到乌兹别克斯坦，再到哈萨克斯坦，中亚2000多公里的路程中，三个国家经济状况明显越来越好，这点从路上跑的汽车就可以看出。到了哈萨克斯坦，可以见到各种品牌的汽车，德国的大众、宝马，韩国的大宇，日本的丰田，法国的雷诺等。另外，无油可加的情况也没有再发生过。路上的加油站整洁干净、数量多、油品好。

不过，随着汽车档次和物价水平由低到高，驾车的文明程度却是由高到低。我们猜测这是因为在发展中国家，发展速度越快，就越有可能让人心浮躁，投机心理加剧，从而导致不遵守次序的现象更加普遍。

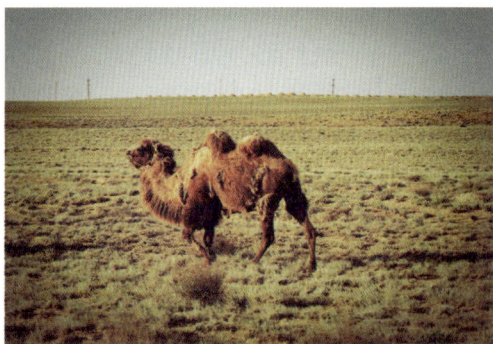

今天路况十分糟糕，称得上过去一个多月来所经历的最差路段。大家开得十分艰难。尤其苦了我们的"小三"，本来只是婆婆的买菜车，却摇身一变担任起勇闯"弹坑路"，跨越亚欧的重任。由于底盘较低，小北必须通过不停地左右摆动来躲避"弹坑"，其实都谈不上躲避，因为根本没有地方可躲，到处都是坑。小北只能尽量选择浅一点、小一点的坑轧过

去。"小三"不断地托底,"咣咣"声令我心惊,生怕它就此趴下。

当开完这段几十公里的"弹坑路",小北连下车走路都不自觉地左右摆动,眼前平坦的道路都幻化成坑坑洼洼的样子。我只得搀住这位得了"弹坑路后遗症"的小北同学,暂时充当他的拐杖。小北七扭八歪的妖娆步姿引得路边骆驼频频侧目,估计在想,"哦,今天又来了一个奇怪的人类。"

驶出"弹坑"路,离边境口岸还有50公里处,一条大河出现在眼前,莱丽萨说那是一条伏尔加河的支流。伴随着这条河流的出现,我们眼前的景观飞快地由荒漠变成了绿洲,出现了大面积的浅滩,绿色的水草与银色的水面相互交错,骏马欢快地在上面戏水奔驰。我们似是无意间擅入仙境,撞见天马踏水,白鸟翱翔的场面。

当我们以为莱丽萨还会再陪伴我们一段路程时,这位霸气老太已经悄然离去。没有正式告别,只是一个转身便不见了踪影。张太遗憾地表示,连为莱丽萨准备的感谢礼物都没来得及给她。其实,这才像我们莱丽萨的作风,什么恋恋不舍、拥抱分别,统统不适合她。畅快淋漓、潇洒离去这样的画面才配得上她太后级的"霸气"嘛。

别了,莱丽萨!别了,中亚!

第四章　徘徊在亚欧边缘

旅途就像人生，若是一直挑战极限、吃苦拼命，未免对自己太刻薄；若一直美酒佳肴、豪华酒店，则未免太过单调，最有意思的莫过把两者结合起来，张弛有度，让生命焕发出多姿多彩的光芒。我们无法改变人生的长度，但是可以改变人生的厚度。

4.1　乱发狂舞勇闯俄罗斯

俄罗斯口岸的检查十分简单。在第一个关口，警察叔叔发给我们一张小卡片，填上车号和车内人数即可。接下来的入境处交还小卡片、填入境单、盖入境章、再发另一张卡片。行驶至第二关口，检查人员上前，打开车门瞥一眼，在第二次发的卡片上敲个章。向前再开十米至第三关口，交卡片，放行。就这样，我们正式进入俄罗斯。

见到俄罗斯地接艾拉，大家最关心的就是格鲁吉亚泥石流毁坏的道路有没有修好，我们是否可以按照原路线行驶。艾拉肯定地告诉我们，格鲁吉亚的泥石流导致了数人死亡，路基全毁，没有可能在30号之前修好。俄罗斯方面会去努力找船，争取将我们海运至土耳其。众人大惊，原来最佳备选方案的船还没找好，也就是说我们仍有被迫终止行程的可能，这里也许就是我们的最后一站。

看着我们一个个失落的样子，艾拉鼓舞士气地说："你们先好好玩吧，我会好好想办法的，请相信我们。"队员只得强打精神，走一步算一步。

接下来，艾拉告诉我们按照俄罗斯法律要求车辆驾驶舱两侧玻璃不得贴有色膜，否则将处以重罚。从去年开始，如果被警察抓到不但要罚款，还要扣车。临近六月的太阳已经非常毒辣，撕掉防晒膜岂不是要把我们晒成烤鸭？

艾拉不忍再次打击我们，便安慰说道，"上有政策，下有对策。我们先不撕膜。只要一看到有警察，就通过手台呼叫，大家齐齐摇下玻璃不让他们看到车膜，就OK了。"

然后，俄罗斯境内就出现了这样一支奇怪的队伍，只要有警察出现的地方，无论当时车速多快，车窗都被匆匆摇下，以至于车内屡次出现小型飓风，女生的长发和各种塑料袋瞬间好像被赋予了生命般地乱舞。当地警察用诧异的眼光望着我们这群外国人疯子般的举动，我想这些警察叔叔们一定在风中凌乱了。

在跨过了一座铁制的浮桥后，我们这支"奇怪"的中国车队来到阿斯特拉罕——一座由11个岛屿组成，并由11座大桥连结的城市。两旁的伏尔加河三角洲显示出独特生态地貌，与之前的中亚国家有很大区别，这里没有一寸裸露的土地。

当地最出名的特产是"鱼子酱"。并不是所有的鱼卵都可制成鱼子酱，只有鲟鱼的卵才可称为鱼子酱，其中产于此处的鱼子酱质量最佳。把鱼子酱抹在俄式煎饼上，再加上一点酸奶油或是鲜奶油是一种非常俄罗斯式的传统吃法。很多厨师也喜欢简单地配以美式的牛奶炒蛋，凸显鱼子酱浓烈的味道。鱼子酱还可以同海鲜搭配在一起，或同生牛肉片一起享用。

我们下榻的酒店紧挨伏尔加河，五星级标准，舒适宜人。用餐时，看着桌上的水晶酒杯，银质蜡台，诱人的鱼子酱和精美马卡龙，简直恍如隔世。小北手持香槟，凝视着窗外伏尔加河上气势如虹的云，一副享受人生的样子。

旅途就像人生，若是一直挑战极限、吃苦拼命，未免太刻薄自己；若一直美酒佳肴、豪华酒店则未免太过单调，最有意思的莫过把两者结合起来，张弛有度，让生命焕发出多姿多彩的光芒。

第二天照例是游览日。当我们到达鼎鼎大名的"克里姆林宫"时，才发现此克里姆林非彼克里姆林。一直以来我都以为世上只有一个克里姆林宫，坐落在莫斯科红场。没想到眼前这座位于阿斯特拉罕的宫殿也叫克里姆林宫。原来，克里姆林是指俄罗斯人在其聚居地中心建立的城堡。古时候，每座俄罗斯的大城市都有一座克里姆林，四周筑有高墙和箭楼用于防御敌人的进攻。目前，在俄罗斯境内还保留了20余座古代传下来的集历史和文化之大成的克里姆林宫。

宫中的洁白钟楼和乌斯宾斯基大教堂位于整个阿斯特拉罕城最高处。阳光下，一位围着白头巾，身着红袍的老婆婆弓着腰走上石阶。相比面前宽阔的石阶，她的身影柔弱如稻草。她走得缓慢而吃力，但步伐坚定，完全不受其他人的干扰。老婆婆从我们身边走过，她脸上虔诚的表情吸引了大家的注意。我不自觉地尾随她进入教堂内部。

老婆婆默默祈祷完，点燃了一支红烛，温暖的光从烛芯中荡漾开，淡淡的光晕笼罩了她的全身，宁静而安详。猜不出老婆婆的心中所愿，但她的信仰一定给过她无穷力量，才会使得她如此专注、入神。虽然我

是无神论者，但我尊重每个人的信仰，很多时候信仰可以超越客观，使人类以另一种方式融合统一。看着老婆婆，我不敢上前，生怕扰乱了这圣洁的气氛，只能远远仰望，静静相伴。

4.2　畅游伏尔加河

"伏尔加，伏尔加，亲爱的母亲"——俄罗斯古老的歌曲里如此唱道。

有机会乘小船畅游伏尔加河，让我们这群困在沙漠中许久的"旱鸭子"们开心不已。这条伟大的俄罗斯河流向欧亚大陆中心，滋养了一个巨大的咸水湖—里海。它在阿斯特拉罕南部像鞭炮一样爆裂成数千条支流。这些支流和湿地纵横交错，形成独特的生态系统。

荷花是阿斯特拉罕的标签，若再晚来一个月，就可以看见上千株白中带粉的荷花在河面盛开。可惜我们来早了，无缘欣赏。不过，来得早也有来得早的好处，游客少。我们租了三条船，便"包"下了整片河面。

上船前，渔家赠送的鱼肉馅饼好吃得让我们停不了口。鲜嫩的鱼肉混合着葱油的香气，松软酥脆。若能天天吃上这么美味的食物，我巴不得来此处做渔妇呢。恋恋不舍地擦掉嘴上的油迹后，我们开始游船。

巨大的树干立在水中，枝繁叶茂，树上站着鸬鹚。小船的马达声惊动了附近正在休憩的天鹅群。刹那间，一大片洁白的天鹅同时抖动起翅膀，拍打、倾斜、绷直、前冲，眨眼的功夫，它们已划出一道道优雅的抛物线，越过芦苇，飞往另一片水域。

在时而狭窄时而宽阔的水面上游荡好一阵子后，船夫关闭发动机，大喊一声"Swimming Time!"（游泳时间到啦！）这声吼使被晒得昏昏欲睡的我们彻底清醒过来。一直顶在头上的大太阳把大家烤得有些燥热，所以没等船夫第二声催促，轱辘已经一个鱼跃，扎到河里。

河水清澈，水草摇曳可见，水流也不急。小北将外衣脱去，剩下早已换好的泳裤，"扑通"一声，也跟着跳了下去。轱辘在河里煽情地大喊："这可是流入里海的伏尔加河，不游的话，一辈子后悔啊！"还留在船上的男队员们，都不想放过这个日后可以跟子孙们吹嘘的机会，一个个开始宽衣解带，陆陆续续跳入水中。连六十多岁的张老也不例外，他不仅下了水，游泳的姿势还十分矫健，不输给队里的"小青年"们。

五分钟过后，船上就只剩下小饭一个男队员，他还在犹豫不决，刚刚在泳池中恢复游泳记忆的他对自己的水平仍有些不自信。女队员中只有瑞瑞一人，悄悄换成比基尼，下了水。瑞瑞刚到河里，没游几下，水流就变急了，一下子将她推到远处。轱辘见状，赶忙向瑞瑞游去，一把抓到她，让她攀在自己身上，尽量不让两人被冲到更远的地方。船夫见状慌忙将船划了过去。大家手忙脚乱地把他们拉上船。瑞瑞向轱辘投去娇羞而崇拜的目光，害羞地说："当时我有点害怕，脚也站不到底了，可你一来我就一点都不怕了，特有安全感。"哈哈，偶尔的小惊险，很有利于感情升温呢。

这条船上演完了英雄救美，那条船的小饭终于下定决心到此一游，正欲脱衣，船夫喊了一句："该回去了。"小饭只能干瞪眼。那多费力地从河里攀回船舷后，炫耀地甩给小饭一句："唉，你错过了一件特牛的事。"

4.3　日行千里，闪电相伴

回到酒店，等待着我们的是一个好消息和一个坏消息。

好消息是我们终于有船了！一条运送蔬菜的货轮将在27日进入新罗西斯克港，卸掉运来的土豆西红柿后，28日夜里装船，29号中午离港，经过20个小时后抵达土耳其的萨姆松。艾拉已经帮我们买好30日凌晨前往特拉布宗的机票。坏消息是我们明天必须开到1000公里以外的新罗西斯克港，才能保证28号托运我们的汽车。

当时的我们欢喜雀跃，相比好消息，这坏消息简直微不足道。不就是1000公里嘛，有什么难的。

阿杜，艾拉的司机，是一个严谨的俄罗斯男人。他已经为我们明天的行车提前做好了详细计划。甚至考虑到轱辘"老三"（MG3SW）油箱偏小的问题，规划了加油点和加油次数。艾拉为了节省沿途停车吃饭的时间，还安排酒店餐厅为大家准备了午餐便当。可接下来发生的事情打乱了一切计划……

一大早，大家斗志昂扬，准时出发。路况尚可。在经历了斯坦国"弹坑路"的历练后，我们对道路平整度的要求降到了历史最低，一般的坑坑洼洼根本不放在眼里。

转眼开出了100多公里，正在大家牟足了干劲继续向前冲的时候，张老驾驶的长城后备车"砰"的一声，冒出黑烟。手台里传出张太的大声惊呼，轱辘队长赶快叫停整个车队。众人下车后，只见长城车底下一滩油迹，并且还在不停地漏油。阿杜开着引导车掉头回来，趴在路面上看了一下，确定长城车变速箱漏油，已无法正常行驶。他沮丧地把情况汇报给艾拉后，开始打电话联系维修。

期间，我们试图尝试用MG作为拖车牵引无法动弹的长城车，但拖着满载行李的长城车，在俄罗斯的这种路况下一天之内要跑完将近1000公里，是不现实的，众人只得作罢。

过了一会儿，阿杜联系到了拖车，只是需要张老和张太来决定到底要把车子拖到哪里去修。阿杜用俄语交涉后，告诉艾拉，艾拉翻译成英文告诉我们，我们再用中文解释给张老、张太，让他们决定如何处理。任何一个简单的沟通都要经过俄文——英文——中文——英文——俄文才可完成一个循环过程，效率相当低下。

在阿杜联系当地维修厂的同时，瑞瑞也联系到了长城汽车公司俄罗斯市场主管牛女士，并取得了他们在新罗西斯克的4S店联系方式。

经过一系列反复交涉协调，最终不但张老要无奈地支付昂贵的拖车费用（大概折人民币7千多元），将自己的长城车从这里拖送到新罗西斯克，整个车队还要一起在原地等着从阿斯特拉罕赶来的拖车到达后，才可以继续启程。

在这个本应马不停蹄分秒必争的日子里，我们被迫开始了漫长的等待。烈日之下，荒原之上，心急却又无奈的情绪弥漫开来。张太一直觉得自己和先生在这个车队里年纪较大，开得又不是MG的车，有点边缘化。现在由于自己的原因耽误了大家的行程，特别不好意思。张太一直在跟大家说："真不好意思，给你们添麻烦了。"

"哈哈，没什么，大家都是一个车队的，什么事情都要一起面对。"大家这样安慰着张太。

小饭在一旁加了一句："本来一路开来就是一件很牛的事情，再加上各种意外，就更增加了我们人生的厚度。"

从此，这句"我们无法改变人生的长度，但是可以改变人生的厚度"的名言就成为队员们的口头语。

当拖车赶到现场，4辆MG重新出发时，已是下午1点。刚刚把我们烤得冒烟的

太阳公公忽然不见了，巨大的乌云像锅盖一样压在我们头顶，世界变成黑白两色。豆大的雨点砸得车窗噼啪直响，雨刷器无论怎样快速挥动，都无法使我们看清前方。世界末日般的场景竟然如此真实地出现在我面前。天地马上就要贴合在一起，我们被夹在一丝缝隙之间，周围所有的景致都消失了，前后左右、东南西北，一切一切都没有了任何区别，黑色将我们紧紧包围。倾盆的雨水洗刷掉了一切，从没见过如此气势磅礴的暴雨，无边无际的乌云一手遮天，我们唯有拼命逃离。在黑色的尽头，数道闪电同时划过，我看不到除车队外的其他同行者，巨大的孤独感向我袭来。

极端的景致会让人有临近生命尽头的幻觉。闪电距离我们越来越近，我想此时若是微微调整一下方向盘，冲向闪电，会不会穿越到另一个世界，另一个时代。突然，天边闪出了一丝光线，光线渐渐扩宽变成了光带，车队向着光亮冲了过去，那个原本的世界又重新回到了我的眼前。雨滴仍是无情地拍打着地面，但气势弱了许多。光秃的树枝被大风赋予了狂躁的灵魂，张牙舞爪地向我们叫嚣。回头望向我们刚刚冲出的黑团，如同一个黑洞，仍在肆意地吞噬着靠近它的一切。

4.4 万里狂欢，旷野夜奔

逃出"黑洞"的我们迎来了车队出发后的10000公里纪念点。没有时间举行隆重的庆祝仪式，车队一边飞驰，一边由糖糖这位具有诗人情怀的大叔，通过手台带领着大家一起进入一万公里倒计时，每个人都在车内跟随糖糖狂呼"three! two! one! "在在飞速移动和尽情呐喊中，我们在这个临近黑海不知名的某处，到达了一万公里点，所有人都在心里为自己鼓掌。随即，大家停下了车，用身体摆出了10000的数字造型以纪念这场疯狂自驾。

在人生的特殊时刻，我们需要通过某种特定的仪式来增强自己的幸福感，令这一时刻更具有纪念意义。毕业要有仪式、生日要有仪式、结婚更要有仪式。并不只有投入了大量精力、财力的仪式才会让人终身难忘，像今天的这场庆祝，没有提前的安排，没有花哨的布置，没有绚丽的烟火，甚至没有充分的时间，却让我们每个人都为之沉醉。大家一路走来，有着相似的信仰与追求，经历了日日夜夜的陪伴，从陌生到相识相知。这段经历，无论是以何种形式庆祝，都将永远在我们的记忆深处，熠熠生辉。

欢庆过后，夜幕很快降临。行驶在黑暗之中，我的心越来越慌。夜盲眼的我对于在黑暗中移动，有种无形的恐惧。不但自己晚上从不开车，也非常不喜欢坐夜车。

在休息站吃晚饭时，我问轱辘有没有可能先住宿，明天天亮再出发。轱辘无奈地摇了摇头，告诉我赶上这趟船是我们离开俄罗斯最后的希望，今夜必须赶到新罗西斯克，这关乎全队是否能继续西行。我只得认命地点了点头，心中的不安愈发强烈。天完全黑下来了，而我们还有500多公里的路要赶。

今天的早起，中途的等待，暴雨中的疾驰，加上长时间的持续行驶，车手们已经倍感疲倦，此时的黑暗加深他们的困意。其他车子都有替换司机，可以轮流驾驶，唯独小北只能凭一己之力强撑，他不让也不放心由我来驾驶。我此时能做的，只有尽好陪驾的责任，全程保持清醒，陪在小北身边。我知道当我困的时候，小北一定比我还困，有我在一旁，叽里呱啦地陪他说话，对他是一种精神支持。要是我在一旁呼呼睡去，对同样很疲惫的他来说，就是双重折磨。

漫漫长路，我想尽各种比较刺激的话题，激发小北的兴趣。漆黑的夜晚没有路灯，我们如同夜行的忍者融入黑暗，连每次的呼吸都被无限地放大。

过了零点，整个大脑都麻木得不知自己在讲什么了。车队的车手们全部在靠意志力强撑。轱辘告诉大家一个提神的方法，那就是不断地张大嘴巴，往嘴里吸气，直到整个肺部涨得饱满，这样可以使人稍微清醒一阵。小北试了一下，有效，但过不了几秒，眼皮又沉了下来。

通过手台，我发现此时各个车里，除了车手，其他人大多已经睡去。这个情况十分不妙，因为车手一瞬间的恍惚就有可能引发意外。我想了想，直接拿起手

台，向整个车队抛出一个又一个话题，让行驶的车手们一起参与互动。我甚至不敢闭嘴，生怕即使几秒钟的沉默，也会有车手昏睡过去。最后的三个小时，每一分钟都是煎熬，连日来的疲惫在此刻爆发。路在眼前不断晃动，没有尽头……

终于，凌晨4点钟，我们抵达了新罗西斯克的酒店。每个人都如同灵魂出窍，累得不想再说一个字。每位车手都向我投来了感谢的目光，这是一种怎样的相互陪伴啊！

4.5　偷得浮生半日闲

第二日，我独自昏睡到中午12点。起床后，发觉全车队的人都不在了，连小北也不告而别。我匆匆跑到大堂连上WiFi，通过手机里的群消息才知道，在我睡着后，竟又发生了那么多事情。

在入住酒店后不到一个小时，那多就被从房间叫回酒店大堂。原来艾拉在帮我们登记入住信息时突然发现那多夫妻两个的俄罗斯签证居然是5月29日到期，比其他队员早一天，因此他俩必须在今天离开俄罗斯。

赵若虹的内心当时是崩溃的，她发了这样的一段话：

说实在的，我当时累得真想直接被俄罗斯遣返回国，但这肯定不是体面人会做的选择。艾拉跟那多商量了半天，决定天亮之后帮我们找车直奔索契机场，搭乘去特拉布宗的飞机，在土耳其与你们汇合。

8点，刚处理完那多夫妻机票事宜的艾拉带上许君荣、张老、张太一起去了长城车在新罗西斯克的4S店。昨晚艾拉在安顿大家入住酒店后，亲自来过这里确认过汽车已安全抵达。4S店给出的检查结果非常不好，变速箱已经彻底报废，新罗西斯克的维修店只能向莫斯科订购配件，如果维修至少要两个星期，花费6000美元左右。张老决定放弃维修，让伴随他们走遍中国每个角落的战车安息在黑海之滨。可艾拉告诉他，俄罗斯方面不允许外国车这样报废。最后张老只得委托艾拉把车直接从这里海运回广州，而自己和张太则以租车的方式继续随车队前进。

　　艾拉的司机——阿杜昨夜一直不敢睡，不停地在房间里看电视、来回踱步，生怕沉睡过去会错过船运公司的通知电话，那样所有的辛苦就都白费了。终于，阿杜等来了通知。10点，车手们（包括小北）将4辆MG开去港口，办理海运去土耳其的相关手续。海运手续极其麻烦，一直到我查看消息的时候还没有任何结果。

　　看完手机上所有的消息后，我发现全车队目前就我是闲人一个，心中暗暗感谢老天对我的照顾。经过多日奔波，我终于有段时间可以在黑海之滨自在地享受一下海风了。

　　我的首要计划是先美餐一顿，踱出酒店，我寻到了一间颇有情调的海边西餐厅，点了鲜虾沙拉、香煎鳕鱼和奶油汤。关于外出吃饭，我的习惯就是两人一起就餐时，哪里都无所谓，大排档也可，豪华餐厅也行。但一人单独用餐时绝不凑合，一定要选个环境优雅、气氛温馨的餐厅。本来一个人就冷清，再去个破破烂烂的地方，难免会感染悲悲戚戚之情。这边的鲜虾沙拉，份量十足，虾子新鲜，个头也大，没有用冷冻虾仁来打发顾客。五只虾子进肚后，幸福感油然而生。

　　下午两点小北他们终于把车辆开进港区专用的停车位。据说，除了我们的四辆MG，还有一辆奔驰500和一辆奔驰600停在那里，等候海运。

　　此时那多、赵若虹和羊毛已经出发前往索契机场。羊毛原计划要到格鲁吉亚的第比利斯才把新浪的报导接力棒转给第三名接力队员，但因为口岸关闭，他的行程只得在俄罗斯提前结束。

　　赵若虹从黑海边盘山路上奔波的老旧出租车里，又发来现场消息：

　　"好像还嫌水星逆行得不够全面似的，混乱的时间表在这时给我补了最后一刀。原来明明说的四个小时就能开到索契，结果开了整整七个小时，而且全部是环山公路，绕得我七荤八素，胃里翻江倒海。"

当我扶着圆滚滚的肚子回到酒店时，小北已经从港口回来。我们两人取到之前向前台预定好的免费单车，一同骑向这座城市的海滨广场。本人骑单车的水平实在有限，数数人生中真正骑单车的次数，十个手指头就够了。这次我之所以敢直接披挂上阵，还是多亏上次在台湾省花莲县的海滨专用单车道上，小北对我进行的单车特训，让我的骑技有了质的飞跃。

新罗西斯克是一座"英雄城市"。1942年，这座城市被德军占领，但一小队苏联海军仍在这片海域死守了225天，这队水兵一直保持着对该城海湾的控制权，防止德军从港口运送补给。直至苏联红军在1943年重新占领该城。这座城市各个角落都放置了风格各异的纪念碑以纪念新罗西斯克保卫者的功勋。在南郊的公路旁，甚至可以看到放置着一节弹痕累累的火车厢。

抛开历史，单纯从一个游客的角度去看这座城市，你也会不自觉地爱上它。此时的新罗西斯克气候宜人，风景秀丽，称得上海滨度假胜地。我们骑着单车看见，不远处的海边，白色露天餐厅垂挂着紫色的薄纱，海风轻轻吹过，幔帐舞动，撩人心弦；一对对情侣或牵手而行，或相拥而坐；老人们在海钓，怡然自得；小孩子们或蹦或跑，相互追逐；一位身着三点运动装的年轻妈妈，十分有创意地将亲子时间与瑜伽时间相融合，一边晃着婴儿车，一边在铺好的瑜伽垫上将柔软的身体摆成各种姿势。在国人看来苦兮兮的带娃重任居然被她演绎得活色生香，真不愧是战斗民族的母亲。

不曾想过，有一天，自己会骑着单车，随心地游荡在黑海之滨。庆幸伴在身边的那个他，让我踏实笃定。即便知道自己骑技欠佳，方向感全无，也敢任性地到处乱闯。因为只要有他在，定会把我安全地护送到我想去的地方。

4.6 车手们居然晕车了

今天的安排如下：下午两点，车队成员将搭乘大巴，沿着黑海旁的山脉绕上8个小时，然后抵达索契，搭乘飞机飞往布拉特宗。落地后，直接去萨姆松港口提车。我们进入了36小时转不停的节奏。

由于昨日赵若虹传来晕车的消息，大家特意中午没敢进食太多，期望路上可以好过一些，结果还是事与愿违。汽车在山路上不停摇摆，俄罗斯大巴司机的驾驶技术真不是盖的，山路转弯绝不减速。习惯坐车的我反应倒还不大，只是可怜天天自己掌握方向盘的车手们，完全不适应 "乘客"的新角色，一个接一个倒下来。先是张老脸色煞白，闭不做声，在一个刹车之后，忍不住吐了出来。司机大叔见状，赶紧停车。车门一开，队员们纷纷跑到车下，集体狂吐起来。

刚刚还在车上和我谈笑风生的小北，一下车，转过头，也马上吐了起来，令我十分意外。我赶忙上车取了饮用水和湿巾帮他清洁。小饭在远处吐完后走过来，低声跟我说："你先生忍耐力真好。在车上时他已经不太舒服了，还能跟你聊天，不一般啊。"啥？连小饭都看出小北刚才在车上就不舒服了？是作家的观察力太敏锐，还是我太迟钝？我不禁在心中犯起嘀咕，同时为自己的神经大条感到有些汗颜。

和我同样迟钝的俄罗斯司机大叔看到了这幅集体呕吐图，终于弄明白这帮"菜鸟"是真的不禁折腾，接下来的路途开得平稳了许多。俯瞰悬崖下墨绿色的黑海（"黑海"名副其实果然很黑），似乎没有什么浪花，甚至连船只都很少见。这片黑海是古代丝绸之路由中亚通往罗马的北线航道必经之路，也是地球上唯一的双层海，它的上层海水来自含盐量较少的博斯普鲁斯海峡，因为含盐量少比较轻，所以它们浮在下层来自含盐度高的马尔马拉海海水之上。上下水层间密度差异很大，严重阻止了上下水层的交换，深层海水严重缺氧、生物极少。就在这广袤缺氧的黑海某处，我们的车子们正乘风破浪，努力地驶向土耳其，等待着与我们重逢。

晚上10点，我们抵达索契国际机场。望着艾拉，这个从国境线接上我们后，就凭着一股拼劲来应对各种复杂局面，40小时转不停的女超人，让我想起曾经的好友，来自莫斯科的鲁鲁。作为俄罗斯女孩，鲁鲁曾说过，"我们俄罗斯女性不能依靠他人，必须养成独立的性格，我们的肩上有很多责任。"那时，一同走在巴黎街头，鲁鲁总是很快就能辨别出哪些女人来自俄罗斯。她告诉我，她们国家的女性大多神情坚毅、不苟言笑，一副防御状态，很难彻底放松下来，散发出的气场与欧美国家女性完全不同。艾拉的坚韧性格十分符合鲁鲁的描述，对于这几天发生的一连串的麻烦事情，艾拉从不抱怨，只是积极考虑应对方法，默默地处理好每一个细节。

怀着感激的心情，我紧紧拥抱了这个比我强壮不了多少的姑娘。而艾拉，在与我们告别后，还要连夜乘坐盘山大巴赶回新罗西斯克。想想就令我胆颤的翻山夜行，对艾拉来说仿佛是最平常不过的事情。

没有了车子的队友们在空旷的机场无目的地游荡。凌晨5点起飞的我们，要等到半夜两点才能开始办理登机手续。进入俄罗斯后，由于行程的意外更改，我们不断处于这种疲惫而又漫长的等待中。大家只得坐在冰冷的金属椅子上休息。由于晕车，包括小北在内的大部分队员都沉沉睡去。

零点，轱辘和瑞瑞窝在逃荒般大包小包的行李中，东倒西歪地迎来了他俩的共同生日。据说夫妻俩在同月同日出生的概率只有六亿分之一，本来大家打算好好为他俩庆祝一番，可这生日偏偏赶在了更改行程的狼狈奔波之中。此时的两人，蜷缩在一起，脚搁在行李箱上，完全不计形象地昏睡着，根本没有心思和精力考虑生日派对了。相信这个完全不在计划中的生日之夜，更令他们终身难忘。

4.7 机场观看海上日出

经过了半个多小时的飞行，离开了让车队"状况百出"的俄罗斯，众人长长舒了一口气。没踏实多久，我发觉明明飞机还在海上飞行，可高度却在迅速下降。向外一看，妈呀，这飞机正贴着海面飞行。俄罗斯的飞行员天天都在玩特技么？以前听过当飞行员的表哥提到"半米飞行"这个专业术语，今天算是真见识了。我的眼睛一下都不敢眨，生怕它一头扎进海里。终于，伴随"咣"的一声，我们安全降落在了陆地上。

迈出舱门，眼前是一望无际的大海。

天边一条浓重的黑线瞬间就变成了淡淡的橙色，太阳马上要出来了。很快，橙色不断扩大，色彩越来越浓。太阳的额头率先露了出来，红彤彤的，并不刺眼。约两分钟的光景，它的大半个身子便探了出来。

"快仔细看，机会难得！"身旁的随风轻声提醒。话音刚落，刚刚还与海水胶着在一起的红日突然一跃，跳出了海面，发出夺目的光芒。

我自言自语地说道，"这样的海上日出，我还是第一次见到。原来太阳不是慢慢升起来，真是跳着出来的呀。"

"别说你了，我当过五年的船员，在海上看过无数次日出，但像今天这么漂亮的日出，也没见过几次。"一旁的随风继续说道，"绝大多数情况，太阳跃出海面，都会有云朵或水汽遮挡，只能看到光线从云朵的缝隙中射出，很难得可以看到它那关键的一跃。"没想到，这次的更改行程居然让我们在机场撞上了"最美日出"。

近些日子，虽然很多计划都被打乱，可仔细想想我们也有很多额外的收获。只要怀有"遇见即是美好"的信念，便会拥有"处处都是惊喜"的旅程。

4.8 土耳其的"悬空寺"

在机场迎接我们的小伙子名叫许酷，是我们的第一位中文导游。他是个土耳其小伙子，在北京学习生活过，普通话讲得非常好。此人不仅精通中文，举手投足之间更是充满了中国式地接的风格。为了不耽误整体行程，许酷没有给我们太多时间休整，而是在带我们吃了一顿以各式橄榄为主打的土耳其早餐后，就直奔第一个游览点——空中的苏美拉修道院。

汽车沿山路盘旋而上，两旁是郁郁葱葱的森林和流水潺潺的山涧。车子开到不能再开的地方停了下来，剩下的山路只有徒步攀登。中途山石青苔遍布，转弯处还有一棵古树拦路。那可不是一般的古树，它像一位历经百年的老人，不可侵犯地立在那里，长长的树根拱出地面，我们心怀歉疚地踩在它盘根错节的巨大树根上，继续蹒跚向前。

大家爬得气喘吁吁，难免有些不满。一路从俄罗斯折腾到这里，大家都很累了，只想扑倒在床上大睡一场，可现在居然还要安排我们爬山？

正在心里暗暗抱怨，嵌在岩壁之间的苏美拉修道院腾地一下出现在眼前。依山开凿的修道院完全被悬崖环抱，房舍错落有致。时常腾起的薄雾让它在悬崖中若隐若现，显得神秘莫测。走近，方见修道院真容。内部墙壁和顶部绘有宗教的大幅画像，与敦煌壁画类似，壁画也是多层绘制，相互遮盖。必然是哪个教派当红，就把自家宗教典故覆盖其上。

圣地总需要一些神话传说来增加传奇色彩。相传公元四世纪，两名来自雅典的僧侣，分别在梦中得到圣母玛利亚的暗示，来到这片山区，在某个山洞里发现玛利亚的圣像。这两个雅典人之前并不认识，却因为这个梦，不约而同来到此处。后来，两人齐心协力在悬崖洞窟中修建了这座修道院。

不过，史学家认为，此处是因拜占庭皇帝扩展基督教而修建。后来，根据洛桑条约，所有在土耳其的基督徒被驱逐到希腊，苏美拉修道院被大肆破坏并遭到焚毁。当年的惨状，从损坏严重且大面积脱落的教堂壁画上，可窥知一二。如今的修道院院内再无修道之人，只是作为博物馆供游人参观。体力不支的我们象征性地逛了逛，便离开了。

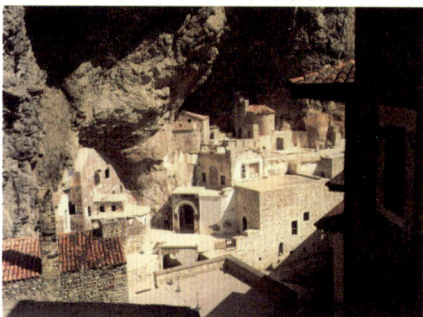

走的时候，我回头眺望，心中不免遗憾。这可真是一座不折不扣的空中之城，应多花些精力好好了解。当地政府已花了十余年时间重修苏美拉，如今出入此处已容易了许多，可来到此处仍不算轻松。想想当年，古人是要凭借怎样的意志才能搬运着石块，翻越崇山峻岭，在悬崖边修建起这么一座神奇的岩壁建筑。

世界上许多宗教建筑都建在不可思议的环境中。也许必须远离尘嚣，方能静心修行。

4.9　泳池边的毕业派对

在奥尔杜，我们入住的酒店十分洋气、风景绝佳。整面的落地窗外，大海、椰树、泳池尽收眼底。最最重要的是房间内有一张无比舒适的大床。我纵身一跃，扑到床上，整个身子都像是被云彩托住，软软地陷了进去。

小北没我这么幸福，刚到酒店，他就放下行李跟着许酷奔向萨姆松港口去提车了，预计往返时间加上办理提车手续至少需要六七个小时。可小北才出去一个小时，就垂头丧气地折返回来。原来在路上，许酷接到电话通知，运送我们的汽车的船还没到港。

这不合逻辑啊，在俄罗斯时，艾拉明确地告诉我们：29日上午装船，12点起航，20个小时后会抵达萨姆松。现在30个小时都过去了，船还没到？没有人能给我们答案，唯一能做的只有等待。格鲁吉亚泥石流效应到底要影响到什么时候？

脑子昏沉沉的，什么都不管了，先抱着被子昏天黑地睡一觉再说。

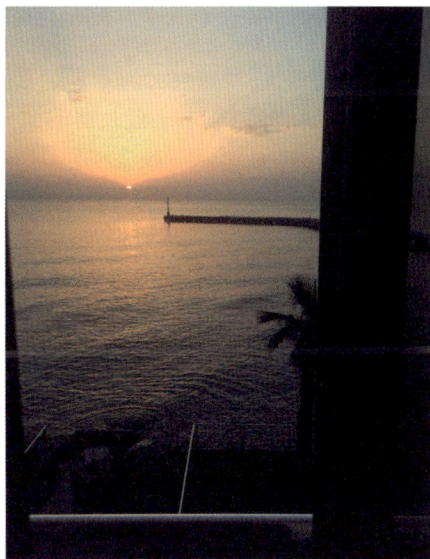

再睁眼时，夜幕已经降临。揉着半眯的眼睛，小北和我来到酒店餐厅和大家一起吃晚餐。

推开大门，只见堂皇富丽的晚宴厅吊着蓝色的巨大水晶灯，灯上微微颤动的流苏，配合着闪闪发光的地板和低垂的天鹅绒蓝色帷幔，帷幔之间女人个个长裙及地，衣香鬓影；伴在身边的男士也是燕尾礼服，西装革履。呃，这是什么情况？

许酷从一旁迎了过来，原来这个餐厅今晚除了我们用餐，还承办了附近一所高中的毕业舞会。在土耳其一个不大的城市也有举办高中毕业舞会的传统，这真出乎我的意料。以前上学的时候看到欧美电影中出现高中毕业舞会的时候，觉得离自己生活好遥远，只有羡慕的份儿。在我青涩的高中记忆里，唯有朴素的红白两色运动式校服。不知是不是为了防止青春期早恋，学校在校服设计上似乎从不注重美感。这么多年过去了，北京教育局在校服设计上也完全没有要改进。对美的鉴赏需要从小培养，服装如何搭配更适合自己，什么样的颜色能提亮肤色，这些看似"肤浅"的知识学起来可不是一蹴而就的，需要时间慢慢领会。

眼前的一个土耳其女孩，穿着金色长裙，熠熠生光，长长的裙摆拖在地上，衣料是极为光滑的丝绸，凸显出姑娘玲珑有致的曲线，头发编成了华丽的长辫，其中夹着金丝，与裙子相互呼应。对比一下高中时的自己，这差距也太大了。

从餐厅窗外向下望，泳池边，衣着考究的年轻人杯觥交错，开心地交谈着、舞动着，或是搂在一起拍合影。看到楼上我们这些"外国人"时，他们会礼貌地向我们举杯示意，甚至招手，邀请我们与他们一同狂欢。若不是第二天车队还要起早赶路，我真想冲到他们队伍里与他们劲歌热舞一番。

等我们吃完晚餐，露天泳池的气氛更加火爆了，香槟洒了一地，音乐也更high了。若不是我们离开得早，恐怕能目睹一场香艳的酒后泳衣秀了。

4.10 港口接"小三"

凌晨五点多，车队集体出发。又是苦旅的节奏，不过想到我们马上就要和横渡黑海的车子团聚，真有点要去见情人般的兴奋。作为一支用车轮记录旅途的队伍，没了车子就好像是没了腿，干什么都提不起劲儿。

8点，准时抵达萨姆松。轱辘、小北、糖糖、小饭四人在船运公司工作人员的带领下进入港口，剩下的人则在港口外的一艘由轮船改建的餐厅边吃早茶边等候。

土耳其人对茶，尤其是红茶，有特殊的喜爱。他们每天至少喝10杯红茶，不论上班、聊天、等人、等车、见朋友、谈生意、吃饭前、吃饭后，都得来杯茶。甚至，还发明了一句谚语："和你一起喝茶的人，不会对你心怀不轨。"

在土耳其，茶是论杯售卖的，且不续杯。茶杯是用玻璃制成的郁金香形状。煮茶的方式也很特别，烧茶的壶有两层，上面的壶放茶叶和水，下面的壶只放水，两壶相叠，放在炉子上烧，通过下面壶内的蒸汽将茶水烧开，然后再把煮开的茶汁倒入玻璃杯中。上壶的茶汁很浓，一般要用下壶的白开水冲兑。不经常喝茶的人，需要兑上一半的白开水。上茶的时候，下面有一个托盘，托盘中间有把金属小勺，用来放糖后搅拌。更为考究的人还会加入小片柠檬。

眼前的红茶放入郁金香杯中显得十分美艳。我端起来先闻一下，茶香浓郁，再抿一口，醇香可口。放下杯子，猛然想起，土耳其更出名的应该是咖啡。记得小时候看过周润发主演的一部电影，其中有一个情节讲的就是周润发的两位富可敌国的姑姑，一边扇着微型扇子，踱着小碎步，一边喊着下午要飞去土耳其喝咖啡，当时除了觉得电影拍得特别夸张外，还莫名其妙地记住了土耳其咖啡。

土耳其人煮咖啡时，会将咖啡粉磨得很细，直接放入锅中烹煮，烹煮时还会根据个人口味选择加糖多少。喝的时候，不会加入任何伴侣或是牛奶，残渣不滤掉，尽管咖啡粉磨得非常细，在品尝时，一部分咖啡粉末还是会沉淀在杯底，有时难免会喝到一些细微的咖啡粉末，这就是土耳其咖啡最大的特点。品尝土耳其咖啡前，最好喝一口冰水，刺激下味觉待其达到最灵敏的程度后，再慢慢体会土耳其咖啡微酸微苦又微涩的感觉。

品尝完，还可用咖啡残渣进行占卜。在咖啡杯上盖上盖子，将杯盘稍微摇晃一下，心中想着要所占卜的问题，然后将杯盘小心地倒过来，放在桌上等待杯底的温度冷却，最后，对杯中的图案进行占卜。一般认为，满月形状代表幸运之神即将眷顾，新月形状则表示要诸事小心。

在我专注地品尝土耳其红茶与咖啡时，小北正在与亲爱的"小三"团聚。糖糖和小饭的车子早已停在码头上的车位里，等待着主人的到来。小北和轱辘则随着船运公司的人上了一艘大船，走了好久，才来到了停满了运输西红柿的货柜的甲板上。"小三"和"老三"被挤在角落里，楚楚可怜，但当主人点火启动后，它们便迅速恢复元气，"轰"地冲了出去。几辆车子开出货轮，一字排开，与这艘蔬菜运输船来了个大合影，以纪念这次意外的"黑海漂流"。

今天是周末，海关人员要到9点半才上班。根据"有事没事来杯茶"的土耳其习俗，小北等人也被请进了港口内的海员俱乐部，一边喝茶，一边等待海关人员前来办理相关手续。闲聊中，许酷提醒他们几个，周末海关的工作人员可能会有点脾气，也许会找麻烦。果然，在一个多小时的等待后，海关的工作人员姗姗来迟，只抛出了一个问题，就把他们几人卡住了。海关要直接检查车辆在土耳其境内购买的车辆保险单，许酷事先没有准备好。

因此，车子只得扣留在港口，许酷立即起身赶进城去购买保险，由于是周末，能否买到保险还是未知数。好在后来比较顺利，在海关的工作人员离去之前，许酷拿着保险单飞奔回来。几辆车子终于驶出港口。

在外等候多时的我们，已经从早餐吃到了午餐，猜测他们出关可能又遇到了麻烦。最近被各种意外刺激到有些麻木的我们，已经做好了后备方案，大不了就再在奥尔杜逗留几天，反正大家都挺喜欢这个黑海边的小城。预期放低了，心态也就好了。当再看到"小三"时，我甚至有些不敢相信，看来这次的水星逆袭终于结束了。

车队重新整装待发，车内的导航仪开始真正担负起引导工作。之前在中亚和俄罗斯，导航仪里没有相应的地图，我们都是由专门的地陪车来引领。进入土耳其，不用再盲目地被引导车牵着走，多了清晰的语音导航指引，少了沿途的定点停车检查，我们找到了自由驾驶的感觉。

4.11　欢迎来到"月球表面"

　　如果不是亲眼所见，真无法想象我们生活的地球上会有如此的景致。

　　这是一个风、火、水造就的神奇世界。一块块沟壑纵深的岩石连绵成片，形成了一座座奇特的山谷。在沟壑纵横之间片片"石柱森林"冲天而立，高起如锥，像蘑菇、像尖塔，被当地人心怀敬畏地称为"外星人遗落在地球上的村庄"。

　　这里特殊的地貌是由数百万年前火山喷发造就而成的。第一批火山喷发后遗留下一层软岩，随后发生的喷发则留下更为坚硬的玄武岩岩层。除了被玄武岩像伞一样遮盖起来的地方外，雨水把风化的软岩侵蚀出一条条沟壑，形成了现在这些巨大的高地、山谷、峡谷以及连绵数英里的精灵烟囱状的地貌。

　　车队开进卡帕多西亚地区，看到一座非常奇怪的山，山体中开凿了无数洞穴作为房屋。它们层层叠叠，与整个山浑然一体。当地人真是聪明绝顶，利用这些天然的山体和柱石建室造屋。他们几乎把整个山体拦腰掏空，在地上铺上地板，把岩石洞穴打造成融自然美、人工美于一体的石屋。不但自住，还建成了酒店对外营

业。我们今晚入住的就是眼前这座山里的一座特色洞穴酒店。

通往酒店的道路十分狭窄。无论你是什么来头，车子也只能乖乖停在山脚下的大路边，然后打包些必需品，自己登山办理入住。由于酒店的每个房间都是从山体中开凿出来的，房间内部不像一般的酒店那样千篇一律，每个房间都是依照岩体的自然起伏建造，独一无二。

我们好奇地参观了不同的房间。有的房间深入山体内部，要经过十余米的甬道方能进入；有的房间在地面上挖了个大洞，然后用玻璃密封，只要一低头，就能看清晰的岩层；有的房间堪称捉迷藏的圣殿，卧室、客厅、卫生间相距甚远，连其中的衣帽间都长十米有余。这些房间内部的隔断大多是一块天然岩板，中间开个洞，便于空气流通。洞穴酒店整体力求保持原生态样貌，但为了保证居住的舒适性，内部的温度、湿度都由现代技术控制。

踏出房间，是三层错落有致、大小不一的观景平台。平台上放置着柔软的沙发和巨大的遮阳伞。住客可以自在地坐在这里，或闲聊或遐想。平台之外怪石林立、异星景色一览无遗，会让人产生已经移居到外太空的错觉，真不愧为"星球大战"

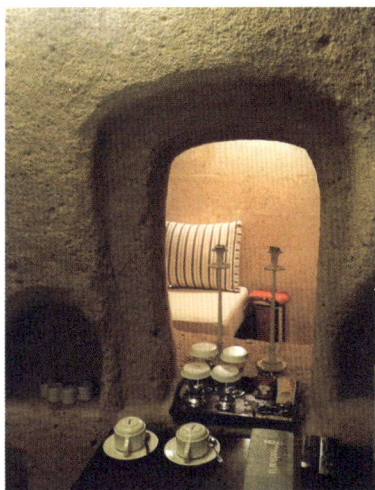

首选的外景拍摄地。

今天晚餐是土耳其特色菜，当地的陶罐焖牛肉令大家交口称赞。据说这是
将上好的牛肉伴着奶油，混合上番茄、土豆、青椒以及诸多当地香料放在小陶
罐里，把罐口用面团封住，放入火炉烘烤，直至牛肉熟透。吃的时候，服务生
手持刀背，骄傲满满地把面团连带罐口迅速敲开，倒出滚烫酥烂、香味四溢的
牛肉，配以粒粒晶莹的米饭，令人胃口大开。

洞穴酒店的服务生天天服务于国际友人，个个精通英文，笑容满面。吃晚
餐时，我们向服务生打听此处是否可以燃放孔明灯。他幽默地表示只要不在清
晨放飞热气球的时间燃放孔明灯就没问题，因为不能抢去热气球的风头。大家
听到这个消息都很开心，随着小北和我一路颠簸的孔明灯终于要飞扬在土耳其
的上空了。车队里面未婚的小伙子纷纷表示要向小北好好学习一下这些追求女
孩子的高招，席间笑声不断。

天不遂人愿。晚饭刚吃完，刮起了大风，温度骤降，大雨急至。不但没法
放孔明灯，连预定的明早乘坐热气球都可能要泡汤。大家悻悻地各自回房，祈
祷着明天是个好天气。

4.12 天高任我飞

清晨4点，闹钟大作。躺在"石洞"中的我迷迷糊糊按掉铃声，翻了个身
打算再睡一会儿，猛然想起今早要乘坐热气球去看日出，立马起身洗漱。

全世界有两个热气球的顶级放飞区。一是非洲肯尼亚马赛马拉草原，在那
里可以乘气球从空中欣赏壮观的野生动物大迁徙；另一处就是在卡帕多西亚，
乘坐这里的热气球可以俯瞰奇异的熔岩地貌。上次乘坐热气球在马赛马拉的飞
行经历让我较为遗憾。虽说那是正值动物大迁徙的八月，可挂在半空中的我除
了见到一群大规模奔跑的角马和一只孤零零躺在草原上的公狮，根本没看见什

么特别震撼的场面。对于这次乘坐被称为"堪比漫步外星"的土耳其热气球，我十分期待。

每次坐热气球似乎都要在天还黑漆漆的时候出发，起得要比鸟儿还早。马赛马拉的那次我记得特别清楚，酒店从6点才开始供电，而我们5点就要出发，结果我的整个洗漱过程都靠手机发出的光亮来照明。不过，同样在没有灯的情况下，那次乘热气球的队伍中，还是有完成了整套化妆，并佩戴好美瞳，打扮艳丽得如同要去参加晚宴般的姑娘，她那漂亮的蓝紫色瞳孔让我至今难忘。

4点半，MG车队成员准时在酒店门口集合，等着由热气球公司派出的车子来接。糖糖承认自己恐高，到13层楼以上已颤颤巍巍，但他依然决定去挑战这里的热气球，并笑称"就是用上成人纸尿裤，我也要去看看这世界上最好的热气球观光点"。

这句话引了我们一阵哄笑，由于没有控制好音量，旁边房间的老伯伯被笑声吵醒，极为不满地打开房门大声呵斥我们："老天，你们疯了么？这可是早上4点半啊！"

自知理亏，众人低下头。队员们一路都很注意公众礼仪，怕丢中国人的脸。没想到一不留神还是做出了惹人讨厌的行为。大家红着脸，陷入尴尬的安静之中，直到上车。

热气球集合点通常会提供一些小点心、热茶、咖啡之类的简单食物，同时安排大家乘坐热气球的顺序。我建议在这个集合点女生们首先要做的事情不是补充能量，而是抓紧时间上厕所。全世界只要女生多的地方，厕所必是一大难题。上完厕所、一身轻松的我们拿着已经排好的号，又向前走了一段路，眼前突然开阔起来，只见无数热气球半悬在空中，底部正 "呼呼"地充着热气。热气球飞行员会根据当天天气情况选择起飞和降落地点。

我们踩着篮子上的蹬脚洞，轻松地翻进了热气球的吊篮。这个"入篮"比起上次在马赛马拉坐热气球的"入篮"轻松太多。那时的吊篮是横放在地上，无论男女老少都先要躺着进去，费力地用后背向下蹭，把自己挪到合适的位置，"入篮"全程双手要紧紧握住把手，身体必须保持半悬空平躺状，那真是一种极不体面且非常别扭的起飞姿势。直到吊筐完全离开地面，里面的人才能竖直站立。降落时，乘坐人也要恢复成初始平躺的状态，"咣"的一声背部先重重着地，所以，若是腰有旧疾，请谨慎尝试。

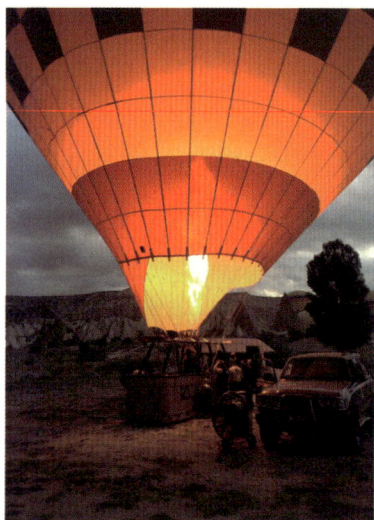

卡帕多西亚的热气球真令人安心许多。在几乎没有任何不适感觉的情况下，我们已经"体面"地站着飞离了地面。刹那间，整个天空热闹得如同在进行一场嘉年华。这些绚丽的热气球不断地上上下下，既可攀升至千米高空，俯瞰整个卡帕多西亚的地形地貌；也可低飞到峡谷里，让你与那些奇形怪状的岩壁进行亲密接触。

这里的热气球飞得十分密集，姹紫嫣红，相当好看，但两球相撞的可能性也不是没有。浮在空中的我们，每每看到别的气球靠近，都捏了一把冷汗，恨不得直接用手把它们推开。

巨大的火焰窜起，发出"轰轰"的声响，热浪烤得脸上微微发烫，飞行员正通过喷火的方式来改变球内的气流，从而控制热气球的运动方向。我们的飞行员大叔为了显示自己高超的飞行技术，有时故意进行一段超低空飞行，让我们的筐底几乎蹭到岩石表面，让众人忍不住尖叫。听到令他满意的呼喊后，大叔面带得意地将热气球迅速拉升，直冲云霄，很快就飞达千米之上，把其他的热气球都踩在脚下，成为空中至高点。

大多数时间里，我们还是漂浮在六七百米的空中，迎着朝阳，看脚下变幻莫测的峡谷，浅黄、灰色、米白、浅红色、赭色或棕色，色彩斑斓。尖耸的石柱如一枚枚尖钉钉在山坡之上，连绵纵深的岩体像恐龙的脚一样牢牢扒住地面。简简单单的岩层幻化成蘑菇、树桩、尖塔或是城堡。我们像是穿梭在精灵的国度，时常忍不住怀疑眼前看到的景色是不是来自地球。

天上飞得好自在，地上追得好辛苦。每个热气球都会配备一辆指定的装运拖车。飞行员可以凭着心情天高任我飞，地下的拖车司机可是要瞪大了眼睛在崎岖不平的山谷中狂追热气球。天上飞着多少个热气球，地下就有多少个大拖车在狂奔。飞行时，我就看到，有一个热气球直接降落在一辆拖车的托板上，满满一筐人被拖车拉着满山跑，热气球的底部还不时喷着火，画面煞是搞笑。

一个小时的"空中漫步"很快就过去了，我们开始降落。飞行员大叔不知道怎么想的，一直在跟电线杆子较劲，貌似要把我们降落在电线杆聚集的地方。我一阵紧张，生怕被电焦。

谢天谢地，大叔终于改变主意，重新选择了山坡上的一片菜地着陆。可怜的小菜苗被我们压坏不少，也不知这些菜农有没有什么特殊保险，能不能得到赔偿。

这时，从刚刚追着我们满山遍野跑的拖车里冲出几个大汉，蹿到筐边。其中一个身形最为魁梧的大汉直接给站在最外边的我来了一个公主抱，瞬间使我完成了从筐中到地面的转移。待我落地后，他还得意地向我秀了秀自己胳膊上的肌肉，其他队友见状爆出阵阵坏笑。接下来，女生们被一个个抱了出来。刚刚还在坏笑的男同胞们，看到自己的老婆也受到如此厚待，笑容就变得有些勉强了。卡帕多西亚的规矩是，女生都是公主，需要抱出来；男生，对不住了，自己怎么翻进去的就怎么翻出来吧。

4.13 我们竟成了热门景点

进入旅游区后，路上的华人、日本人、韩国人都多了起来。我们的车队在这里总能引起各种惊叹。当经过日本、韩国旅行团的队伍时，看着他们目瞪口呆的样子，我们特有成就感，真觉得自己特别牛，觉得中国特别牛。当碰到华人队伍时，除了赞叹，我们同胞的脸上会一同浮现出骄傲的表情，就像是见到了有出息的自家孩子，倍儿有面子。

车队停入露天停车场，有车队从中国开到这里的消息，一传十，十传百，很快扩散开来，很多游客特意从附近的景点赶过来，要亲自看看这支神奇的车队。一时间，我们的车子变成了临时参观点。看着越来越多的人聚集过来，队员们相互使了个眼色，偷偷锁上车门，悄悄开溜，就让我们的"钢铁英雄"来满足人们的好奇心吧，而我们还有自己的景点要参观呢。

这次参观的格雷梅曾是基督教徒隐修的地方，由 15 座基督教堂和一些附属建筑组成。奇形怪状的石笋、古老的岩穴教堂和洞穴式住房是这里的最大特色。密布在山崖的岩石教堂，从外表看与正常石洞别无二致，进入洞内可以发现精美壁画，感觉像是中国西北的窑洞与莫高窟的混搭。

令我捉摸不透的是在这个绝大部分居民均为穆斯林，基督教徒只占不到1%的国家，为什么修建这么多大规模的基督教堂？

许酷给我补充了相关知识。

最初为了躲避罗马帝国的迫害，一部分基督徒离开耶路撒冷，躲到地势险要的卡帕多西亚。公元4世纪，罗马大帝意识到，基督教是可以用来巩固帝国统治的一种新兴力量，遂将基督教定为国教。从此，卡帕多西亚成为推广基督教教义的中心，大批教堂、修道院开始在山岩洞穴中修建。同时，不少"为接近上帝"而追求苦行生活的修士也来到这里。

几百年后，信奉伊斯兰教的阿拉伯人入侵，迫使大批基督教徒逃离，卡帕多西亚又成为滞留下来的少数基督徒躲避异教迫害的避难所。基督教徒们默默地在卡帕多西亚的山岩下、石柱中传承着他们的文明。

又过去几百年，信奉伊斯兰教的突厥人来到这里，建立奥斯曼帝国。当地居民纷纷改信伊斯兰教，坚持信奉基督教的教徒几乎全部撤离，只留下了大量的基督教建筑记载着过去的兴盛。

4.14　探访"地下之城"

许多描写未来世界的电影都有这样的情节，地球遭到大规模杀伤力武器的攻击，人类躲进地下深处生活。其实早在3000多年前，人类就已经在卡帕多西亚兴建了可容纳上万人的地下城，甚至可让30万人躲到地下生活。

1963年，一位农民大哥掘地时，在他自家院子里偶然挖出一个洞口。刚开始，这个大哥望着这个深不可测的像井一样的入口，说什么也不敢下去。后来，在其他村民的帮助下，他沿着梯子进了这个洞口，竟发现了一处巨大的地下城！在城中可以看到一些房子结构和下水道设施，但大部分已经是一片废墟，甚至还能见到人类的遗骨。

我们今天参观的就是这位农民大哥发现的地下城，内部可居住1.5万人，上下共分8层，只有最上面的三层对游人开放。别小看区区三层的参观范围，要坚持把它看完可不是一件容易的事情。地下城内部走廊又低又窄，曲折蜿蜒，人需弯腰行走，感觉十分压抑，大多数人从地下城出来后都会头晕目眩，腰酸背痛。

进入地下城后，我们发现当初的建造者巧妙地利用地形，将这里设计得易守难攻，他们把窄而复杂的通道建造得只容一人进出；另外，在地下通道每一层入口都用一块巨大的石门堵住，以防外敌入侵，里面的住户则可以通过地道在各层之间自由出入而不被人发觉。不熟悉的人在这样的洞中穿行，如同进入了迷宫，头晕眼花。这个作为避难所而建造的地下城除了提供基本的居住功能，还备有礼拜堂、酿酒坊、牲畜圈和仓库。

到底谁是如此庞大恢弘的地下城市群的建造者？这至今都是个谜。有人说这是当年避难的基督徒建造而成。也有人认为，这些地下古城的年代远比基督教要早得多。在地下城所发掘的古代文献中，曾提到过"飞行的敌人"。地下城也许是用来防备"飞行的敌人"的。但是，这些"飞行的敌人"又是谁呢？真的曾有外星生物降临过此处？这些未解之谜使得卡帕多西亚更加神秘。

无论什么原因，生活在地下肯定是迫不得已的事情，必是在躲避极为可怕的敌人。在我的想象中，他们应该天天过得战战兢兢，提心吊胆，可这些住在地下的人居然还建造了有模有样的酿酒坊。看来即使生活在暗无天日的地下，避难者们也下定决心要把日子过得有滋有味。这种自娱自乐的精神太值得我们这些天天喊着"压力山大"的现代人学习了。

4.15 粉色的"天空之镜"

从卡帕多西亚开往首都安卡拉时会经过一个大盐湖。据说，土耳其的食用盐七八成都来自此湖。车窗外延绵不断的盐湖呈现出唯美的淡粉色，绝美的景致让我们不由自主地踩下了刹车。从未有机会与盐湖近距离接触过的我欢快地跳下车子，奔向盐湖。

到达盐湖之前，必须通过一条商业街，这倒是和国内很多地方十分相似。街的两边大多是贩卖浴盐、盐皂以及盐制护肤品的小商店。一心挂念美丽盐湖的我无意购买此类"三无"产品，只顾一个劲地向前冲，可突然蹿出的叫卖小妹不由分说地给我抹了一手滑溜溜的盐巴泥。她不停用英文冲我说，"这东西很好很好，你要买、买、买。"很有点强买强卖的意思。

我特别不喜欢这种被迫买东西的感觉，先不说这浴盐效果到底好不好，单是一冲上来就要硬塞给你的方式，我就无法接受。只顾想着待会儿赶快把手洗干净，更加没有了购买的欲望。我直接头也不回地甩手走开，只剩下土耳其妹子一人怔怔地望着我这个"无礼的"中国人离去的背影。

我快步走出商业街,来到湖边,仔细观赏起眼前的景致来。这片盐湖没让我失望,整个湖面呈现一种盐与水共存的状态,能踩的地方都布满了厚厚的盐巴,用脚刨一刨会有水渗出来。若是想清爽一下可以考虑赤脚上阵,挖个小坑泡一泡,保管杀菌消炎。

盐湖呈现的粉色,据说是由一种特殊的藻类引起的,这种藻类大量产生的时候甚至可以染红整片盐湖。那画面想想都觉得惊悚,我还是偏爱这种淡淡的少女粉。

队里的人都是头一次见到这么浪漫的粉色盐湖,欣喜若狂,纷纷在盐湖拍照留念。一时间,各种腾空飞跃的姿势横空出世。看得一旁站着的土耳其人误认为中国人个个都是武林高手,而他们现在看到的就是传说中神奇的"中国功夫"。

湖边的游客不多,十分空旷。这里不是一个特别出名的景点,在这里停留的人大多数只是路过此处,被美景吸引而驻足。感谢它的不出名,让美丽的盐湖得以保存。想想国内有很多盐湖,都因旅游而被过度开发,生态尽毁,纯净的景致一去不返,取而代之的是堆积的垃圾和攒动的人群,不禁令人扼腕。站在生物链最顶端的我们给这个地球带来了数不尽的伤痕,若不加以节制,地球上的最后一滴液体将是我们自己的眼泪。

4.16 安卡拉街头的中国小留学生

安卡拉街头,"四人组"—小北、轱辘、瑞瑞和我又开启了游街模式。夜幕刚刚降临，天边仍有些发白，天际线成了蓝色渐变的色带，白色、浅蓝、深蓝、蓝黑层层递进。街上洋气的大钟，让人恍惚漫步在欧洲街头。

一条小巷里，买牡蛎的人支着小摊，熟练地撬开一个个牡蛎，直接喂入客人口中。从没见过这种卖法的我们觉得很新鲜，傻呵呵地站在一边瞧着。不一会儿，客人就被连着喂进了三十多个牡蛎。喂牡蛎的小哥没有一刻停歇，吃牡蛎的大叔也是来者不拒，整个过程一气呵成。

客人离开后，小哥咧着嘴冲我们这几个一直在观摩的"国际友人"笑开了，用手指了指牡蛎，表示可以免费试吃。瑞瑞是美食达人，会品尝、会制作，尤爱海鲜。在我们三个的撺掇下，她有些迟疑的走上前去。通常碰到这种免费试吃的情况，大家都不敢轻易尝试，恐怕脱不了身。我们这一代人从小被灌输的观念就是"天下没有免费的午餐"，对于莫名的好意总会有些心怀戒备。

瑞瑞张开嘴，小哥麻利地将牡蛎撬开送入瑞瑞口中。吃到口里，瑞瑞才发现原来这牡蛎壳里还填满了大米，真是有创意地吃法。这样一来连主食都有了，怪不得刚刚那位大叔吃了这么多，人家这就算顿晚餐，多么环保，连餐具都省了。只是口味这东西骗不了人，略带奶油味的大米包牡蛎，瑞瑞是无论如何不想尝试第二个了。与笑得依旧灿烂的牡蛎小哥挥手再见后，我们略带歉意地离开了小巷。

路上行人不多，街上有些昏暗。一晃儿，有个熟悉的背影落入了我的眼帘。"怎么土耳其的校服和中国的这么像啊，这种难看的运动服难道还是全球统一款？"我忍不住吐起槽来。谁知前面的人突然转过头，居然是张中国面孔。

"你们从哪里来啊，我刚从广州过来的。"小伙子率先介绍了自己。

"那你这身衣服……"话都没经大脑就溜了出来。

"哦，这个啊，这是我从国内带过来的，穿起来方便。"小伙子有点不好意思地扶了扶眼镜。

男孩姓许，才满18岁，刚过来学习语言没多久。瘦瘦的身子仿佛风一刮就要倒。这条街是他每天从语言培训学校回家的必经之路。由于刚来此地还没交到什么朋友，他跟我们交流的愿望特别强烈，用他的话说，周围没一个中国人，真快把他憋死了。

"你可以找个土耳其的女朋友啊，一来可以练语言，二来排解寂寞，简直一举两得嘛。"轳辘像许同学的同龄人一样兴奋地给他出主意，同时抛了个"你懂、我懂"的眼神过去，全然忘记自己的真实年龄已经可以被许同学称为叔叔了。

望着这位"怪叔叔"，朴实的许同学好像更茫然了。轳辘叔叔啊，你这边乐呵呵地给人家出这主意，可自己的女儿到了美国怎么就反对人家谈恋爱，尤其是跟美国人恋爱呢，还真是区别对待呢。

瑞瑞瞟了轳辘一眼，继续问小许，"你为什么来土耳其留学呢？选这里的人可不多啊。"

男孩脸涨得有些红，磕磕巴巴地回答："因为、因为是小语种，学的人不多，学好了以后好找工作。"说完了还补上一句，"都是我爸妈替我选的，我没什么兴趣，反正天天就是一个人上课、回家。土国人都挺奇怪的，合不来。"

小北和我都有过异国求学的经历。尤其是小北，在和许同学一样的年纪就去了德国，对独自一人在异乡学习生活的那种孤独感体会尤深。许同学就像14年前的小北，茫然、惶恐、不知自己是否能融入不同的文化中。

我走上前去，轻轻拍了拍他的肩膀，告诉他，"一切都会好起来。"

其实，成长就是要经历孤独、困惑、迷茫，没有捷径可以走。好在吃过的苦都不会白吃，正是这些必须一个人走过来的路，才让我们找到真正的自己。

4.17 伊斯坦布尔：一座教堂的记忆

大城市的交通总是令人头疼，尤其是临近伊斯坦布尔欧亚大陆桥的4公里。售卖各种商品的小贩自如地穿梭在几乎停滞的车流之间，整条道路都变成了他们的大型售卖场，卖水的、卖手机充电器的、卖零食的。警察不去维持秩序，反而骑着宝马摩托自由地穿梭其中。这些小贩一看就是常年聚集此处售卖商品。到底是怎样的大堵车，才会催生出这种"奇葩"的生意场所。

许酷说，在欧亚大桥上会有"欢迎来到欧洲"的蓝色牌子，可惜我们并没有看到，只能从许酷的讲解中大概了解到：这里以博斯普鲁斯海峡（土耳其海峡）为界：西边为欧洲区，东边为亚洲区。以前从建筑上一眼就可分辨，如今在亚洲这边也发展了新的金融中心，两岸的建筑水平就越来越接近了。

伊斯坦布尔有着无比辉煌的过去，它曾经是四大帝国（罗马帝国、拜占庭帝国、拉丁帝国和奥斯曼帝国）的首都，是一座充满了帝国遗迹的城市。如今繁华落尽的伊斯坦布尔很多地方都能看见整栋被废弃的房屋，令人唏嘘。

圣索菲亚大教堂是伊斯坦布尔朝代交替最好的见证。公元330年，罗马大帝君士坦丁来了，他把这座城市用自己的名字命名为"君士坦丁堡"，跟随他而来的，还有当时罗马的官方宗教——基督教。于是，圣索菲亚大教堂开始兴建。

大教堂建成之时，罗马大帝情不自禁地赞叹道："感谢上帝，让我创造了这样一个奇迹"。这座高56米，金碧辉煌的教堂，是古罗马时代最杰出的建筑，头顶世界最大教堂的佳冠达千年之久。

1453年，奥斯曼突厥人打下了土耳其，"君士坦丁堡"变成了"伊斯坦布尔"。奥斯曼帝王穆哈穆德华丽丽地走进了他朝思暮想的大教堂，一声令下，物化的耶稣泥灰盖脸，加绘上伊斯兰图案，再建四根宣礼塔。只用三天时间，圣索菲亚大教堂就变为了圣索菲亚大清真寺。

到了近代，土耳其国父凯末尔下令将圣索菲亚大教堂变为博物馆。地毯被移走，覆盖在镶嵌画上的石膏被专家煞费苦心地擦去，地面饰品重见天日。这个博物馆内部没有放置特别的展品，来参观的人们却频频称奇，因为整座教堂呈现出基督教与伊斯兰教和平共存、交汇互融的独特景象。

6个直径约10米的大圆盘高悬空中，上而刻的字意思是："万物非主，唯有真主"。从穹顶上垂下一根钢

缆，吊起一个直径约40米的大圆圈，上面挂满了灯泡，离地约3米左右，是寺内穆斯林们祈祷作功课的主要照明用灯。

教堂二楼保存着十分精美的拜占庭镶嵌画，描绘了耶稣的故事。各种大理石石子、陶片、珐琅或有色玻璃小方块都被当做材料嵌入了画中，色彩因此鲜明璀璨。

历史真是充满了讽刺意味，正是由于奥斯曼帝国称霸后"胡乱"将此处改为清真寺，将内部的镶嵌画全部涂上灰泥，反倒使得原先的基督教马赛克壁画保存了下来，直至今日仍熠熠生辉。真不知当初的奥斯曼大帝得知此事，又会做何感想？

4.18　蓝色清真寺里的别样人生

蓝天白云之下，清真寺巨大的圆顶周围六根宣礼塔威严耸立，不用介绍，眼前的一定就是伊斯坦布尔最具盛名的"蓝色清真寺"。

据说，全世界只有圣城麦加的清真寺和眼前的蓝色清真寺拥有六根宣礼塔。宣礼塔的多少能反映出清真寺的地位。一两根宣礼塔是普通清真寺，四根是大清真寺，由此可见蓝色清真寺在伊斯兰世界的地位非常尊贵。

古代没有时钟，很难统一时间，因此在清真寺外建有宣礼塔。每到礼拜时间，就有大嗓门的人在塔上大声呼唤。不过现在有了扩音设备，宣礼塔已演变成为清真寺建筑群的一部分。

蓝色清真寺的主体由一个特大号圆顶，4个中号圆顶和30个小号圆顶组成。整座建筑没有使用一根钉子，四百年来经历数次地震，它仍完好地矗立于此，不知这应该归功于设计师的高超水平还是此处真的有神灵庇佑。

寺内庭院的回廊设有几个金色水龙头，供信徒清洁之用。按照要求穆斯林需洗净手脸后才能礼拜，虔诚的穆斯林会认真地在此处清洁身体，然后由正门进入。

像我们这样的游客，只能从侧门进入参观，还要注意不能穿露膝的短装。女生还必须包住头发，打扮不符合要求的参观者可免费在门口领取围巾和裹巾。我建议爱美的女生自带漂亮大丝巾，包住头后，以这独一无二的清真寺为背景，多留几张美照，等老了坐在摇椅上，拿出来照片，不仅可以回忆，不可以跟儿孙们显摆，"看你奶奶当年多美、多有风情"。

按要求包裹严实后，众人脱下鞋子，直接赤脚进入清真寺。寺内地面上铺满了大大小小的丝绒红地毯，伊斯兰教徒在地毯上伏地祷告，气份庄严肃穆。

蓝色清真寺因内部墙壁上镶嵌的两万多块蓝色调的彩釉瓷砖得名，但这里并不是我想象的那样到处都被刻意布置成蓝色，我们脚下的红色丝绒毯把整个大厅调成了暖色。抬头望向穹顶，蓝色圆带镶嵌其中。自然的光线从正中圆顶的260个彩色小窗投入，整座大厅呈现出金、蓝、红，三色交灿的景象。

全身笼罩在这神圣光线下的我，恍惚间进入了一种"别样人生"……

4.19　在千年水宫办场婚礼吧

地下水宫，一个非常容易被错过的好地方，多亏那多的强烈推荐才被我们临时加入行程。它距离蓝色清真寺、圣索菲亚大教堂很近，入口十分低调，仅有一个很小的售票处。进门后，拾级而下，刚刚还处于明媚骄阳下的我们，瞬间融入黑暗世界，很快全身就冰冷下来。

这里的光线很暗，眼睛一时间很难适应。脚下的石板和一旁的扶栏湿湿滑滑，我走得十分小心，生怕滑倒。缓缓前行中，耳畔还能听到水珠滴落的声音。渐渐地，可以看得清楚一点了，只见不远处池水清澈透明，一条条好似成了精的大鱼穿梭往来，闲庭信步。几百根汉白石柱矗立水中，缥缈的水汽加上石柱底部的暖红色灯光，好一座宁静神秘、朦胧悠远的千年水宫。眼前的景色亦真亦幻，令人着迷。

这座看上去优雅浪漫的水宫事实上就是用来储水的宫殿。在公元6世纪的

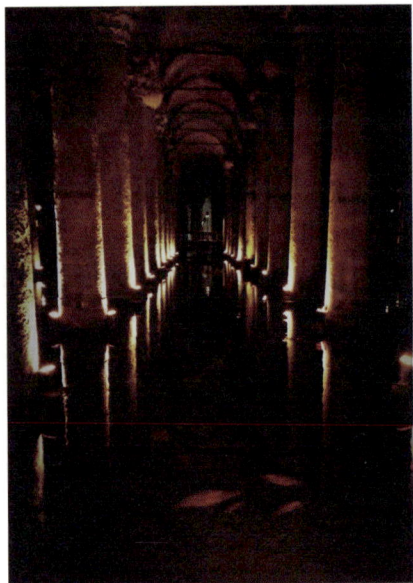

战争年代，水源关系着一座城池的安全。为了防止敌人围困，七千名奴隶夜以继日地建造着这座使用了336根石柱的地下水宫。

面对千年水宫，我们几个女生开始异想天开，幻想有朝一日能在这里办个水宫婚礼。只需添些白色的幔帐和红烛，便可达到极致梦幻的效果。女生们你一言我一语，兴奋不已，个个都大有想再结一次婚的冲动，全然不顾身边相伴的男士们已变了脸色。

我们几个没心没肺的姑娘设计完想象中的水宫婚礼，觉得还不过瘾，又开始变本加厉地吐槽起自己先生的拍照技术。谁说爱你的人能拍出你最美的样子，若虹哭笑不得地抱怨她先生无论何时都能抓拍她最衰的瞬间，然后用照片作为打击她的利器。瑞瑞更惨，根本不敢让辘轳给她拍照，宁愿选择自己带着三脚架自拍，虽然麻烦点，但不至于被雷到吐血。相比之下，小北还算好一点，不过有一次我和辘轳摆好造型让小北拍照，结果拍完后，照片上根本找不到辘轳。我问小北，辘轳去哪里了，他指了指照片一角的白色的东东说，这不就是辘轳的包嘛。

Coco（从土耳其加入车队的新浪网站第三路段特派员）的先生是位摄影师，我们几个女生齐刷刷地向Coco投去羡慕的目光。Coco苦笑着说道："我家这位摄影师最爱拍风景，我要经常充当他的人肉三脚架。你让他拍我，人家老大不愿意呢。每次都是斜着眼睛，随便举举相机，咔嚓一下，根本不用心。他平常拍人物的时候，拍的都是模特，习惯了那种比例和画风。有时他会心血来潮帮我摆pose，可举起相机后，就在那一个劲儿摇头，嘟囔什么别人同样姿势拍出来可不是这个效果。哎，你们评评理，模特腿多长，我腿多长，同一个姿势能一样吗？有这么欺负人的嘛。"

看着Coco嘟着嘴的可爱样子，我们几个忍不住大笑起来。哈哈，看来家家都有本关于男人拍照的血泪史啊。

4.20　迷失在伊斯坦布尔

柔软的腰肢、快速的鼓点——土耳其虽然是个穆斯林国家，但一到夜晚，首都到处灯红酒绿，娱乐着全世界的游客。

世界上著名的舞蹈"秀"，比如巴黎的康康舞、拉斯维加斯的无上装舞，大多是场面华美宏大、动作极为统一的视觉盛宴。登台的舞者无一不是基本功过硬，貌美、腿长、身材窈窕，堪称百里挑一。

可肚皮舞偏偏不走寻常路，它是一个人的狂欢。舞者完全不受年龄和体型的限制，动作大胆奔放。世界上没有任何一种舞会像肚皮舞一样强调肉感，通过肉的颤动、起伏，给人带来视觉上的冲击与享受。只要音乐响起，舞者身上的每个部分都被赋予了旺盛的生命力，一起随着节拍高低起伏快乐地舞动。肚皮舞还是一种十分接地气的舞蹈，基本上"怎么跳都行"。特别符合我这种记不住舞步的人，只需跟着舞娘，踏着鼓点大力摆动，便可有几分神似。

白日里神圣肃穆的清真寺，夜晚香汗淋漓的夜总会，这座奇妙的城市，既让人警醒又诱人沉醉，交替反复，变幻莫测。

清晨，伊斯坦布尔街头，小雨。阴沉的天气把这座古城染成了灰色，光线显得有些苍白，使得周围的人与物呈现出逆光的效果。车队今天的任务就是要进行全路段唯一一次的国外保养。

不知是阴郁的天气分散了小饭的注意力，还是什么别的原因，仅仅是一个拐弯，小饭一人驾驶着MG5就消失无踪了。车队之间的手台联络距离只有5公里，小饭手机的国际漫游也偏偏在这时出现了故障，考虑到他那不灵光的英文，大家都担心小饭是否能很快找到大部队。

车队在原地打转，希望小饭可以拐回附近的道路看见我们。

十分钟后，电台里突然出现小饭的声音，"有人听得到我吗？有人听得到我吗？"小饭不断地在重复着这个问题。

许君荣迅速拿起手台，焦急地问，"你在什么位置？"

"不、不清楚，附近没、没有明显标志物。"小饭的声音开始断断续续了，这证明我们之间的距离又拉远了。许酷马上通过手台报出自己的手机号码，希望小饭可以想办法跟他联系上，至于小饭是否接收到了号码，谁也不知道。眼看预约保养的时间就到了，许君荣决定留下一辆车原地等待小饭，其余的先去保养。

大部队继续前进。没多远便到了这家之前预定的汽车快修店。快修店门面不大，只能一辆车一辆车进去检修。我们的"小三"是第一辆被检修的车子。由于中亚的路况实在太差，所有人对"小三"的状况都十分担心，不知它是否能撑到终点。当它的底盘被架起来后，大家松了口气，原来之前与地面"哐哐"的撞击并没有伤及底盘，只是把防护底盘的钢板硌出了几个坑。

我对汽车维修一窍不通，站在一旁看着队员们与当地技工之间的交流觉得很神奇。原来除了音乐、绘画、美食和爱情无需用过多的言语来沟通，居然汽车保养对于内行人来说，也只靠一个眼神、一个手势便可在语言完全不相通的情况下实现沟通无障碍。

又过了一会，小饭出现了。他凭借最后的余音牢牢记住了许酷的手机号码。然后，在街上，完全依靠肢体语言让一位土耳其小伙子弄明白了他的处境，好心的小伙帮着小饭联系到了许酷。

当我们好奇地打听迷失在雨中的伊斯坦布尔有何浪漫感受时，小饭仍惊魂未定，他所答非所问地说："幸好我长得不像坏人，要不都没人帮我了。"看来，迷失在异国这个事情想想就好，若是真发生，就只剩下着急，根本不会找到电影里描述的那般浪漫迷人的感觉。

两个小时过后，所有车子检测完毕，全部状态良好。今晚我们尽可安心入睡，只待明朝驶入欧洲。

第五章 驶入欧洲

大多数的不信任都源于对自身的不自信，国家越落后就越不愿接受外来事物。同理，一个具有强烈安全感和自信心的国家，往往会勇于接受、乐于接受不同。

5.1　车队里的人来人往

在车队中，参与全程从古都西安至英国阿宾顿的队员只有五人：轱辘、瑞瑞、糖糖、小北和我，其余的都是根据自己的偏好和工作时间来决定参与的路段。这种灵活的组合决定了我们这一路必然会不断与新队友相遇，与老队友分别。今天就是这么一个分别的日子。

那多因为新一家"赵小姐不等位"的餐厅要开张，必须赶回上海处理相关事宜。随风的假期结束了，也必须按原计划从伊斯坦布尔飞回上海。

新婚不久的若虹和那多面临分别自然依依不舍。那多表面上有些木讷，实际上骨子里对若虹好得不行不行的。他知道若虹喜欢吃，就想方设法把全世界的好吃的都端到老婆眼前，甚至为她专门开了餐厅。他又爱逗若虹，就像小男孩看到自己喜欢的小女孩总要去找些麻烦一样，每每等到若虹开开心心吃完美食后，他就会用"小胖妞"或是"卡门小姐"（"卡门"的意思是胖到把门卡住）来称呼若虹，经常气得若虹哇哇大叫。两人一起嬉笑怒骂，百无禁忌，感情好得很。接下来少了那多的旅程，若虹肯定会寂寞不少。

随风平日里被我们称为"移动百宝箱"，是讲求生活品质的上海男人的代表。他会随身携带保湿喷雾来保持脸部的水分；会在我们吃着难以下咽的异国食物时，像魔术师一样从保温杯中变出细滑的白粥，再配上肉松、榨菜，香气四溢，羡煞众人。随风还是个天生的管理者，在车队中主动担任

播报路况及出发收队时的点名工作。行前，他做了最多的资料准备，经常将自己了解到的相关知识分享给大家，令我们受益匪浅。他陪我们经历了最绚烂的路段、最艰苦的颠簸。他的声音已经成为大家的习惯。在告别时，我们都看出了随风的不舍，当低下的头再抬起来时，他的眼眶红了……

旅途就像人生，不论有多么不舍，聚散终有时。我们就这样，带着不舍继续上路。

由于随风和那多的离开，MG5中空出了位置，小饭、若虹不想张老张太租车花冤枉钱，便主动邀请张老张太一同乘坐MG5，张老张太自然十分感激，欢喜不已。这样一来，我们就成了第一支无后援横穿欧亚的单品牌车队。

没有任何检查，这次过关仅需把护照递到海关办公室窗口，敲入境章，办车辆保险，转眼我们已经行驶在希腊色雷斯高原之上了。

看来大多数的不信任都源于对自身的不自信，国家越落后就越不愿接受外来事物。同理，一个具有强烈安全感和自信心的国家，往往会勇于、乐于接受不同。

接下来，大家加足马力。希腊，我们来了！

古希腊是现代文明的源头，是哲学、艺术、科学以及政治的发源地。我望着车窗外变换的风景，脑海中出现了当时半裸着身子的苏格拉底在雅典市中心广场上不停地与人辩论的场面。西方世界正式向我们张开了怀抱，截然不同的文化气息扑面而来。

当国内的亲人们得知我们已进入希腊，纷纷表示他们终于可以睡个踏实觉了。看来他们当真认为我们西行之路会碰上九九八十一难，而正式进入欧洲则意味着苦尽甘来。这种想法让我感到既好笑又心酸，对由于自己的"任性"给家人带来的诸多担忧感到内疚。亲情是我们无比坚强的后盾，同时又是我们最难割舍的羁绊。

5.2 梅黛奥拉：信仰的力量

希腊梅黛奥拉山脚下的小镇卡兰巴卡十分热闹，去往"空中之城"——梅黛奥拉修道院的游客大多选择在此落脚。

这座小镇到处都是充满地中海风情的酒店和售卖旅游纪念品小店铺。镇中心有个不大的广场，覆盖免费WiFi，广场四周都是咖啡厅。我很喜欢在这个小广场上消磨时光，抬起头看看近在咫尺的梅黛奥拉山，低下头刷刷手中万能的朋友圈，渴了就去点杯咖啡或是果汁，好不惬意。

几百万年前，这里曾是一片汪洋，后来在地壳运动和海水的冲击下变成一片石林。基督教徒为了逃避奥斯曼帝国的迫害把梅黛奥拉修道院建造在深山中几百米高的独立岩石上（真心感觉当个虔诚的基督徒不容易，各种被迫害，被逼得上天入地，四处逃亡）。梅黛奥拉在希腊语中是"悬挂在空中"的意思。这里山径险绝，易守难攻，比前些日子在土耳其看到的苏美拉修道院地势更为险要，十分适合避难和修行。

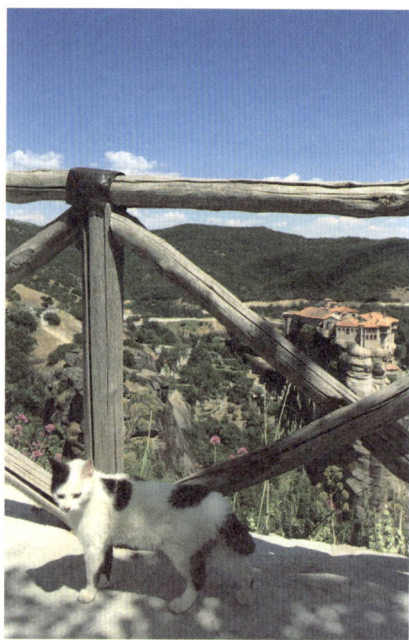

　　我们脚下的石阶是近些年因为旅游开发才砌的。即便有了石阶，走在上面的我还不禁颤颤巍巍，不敢俯视。以前，这里根本没有登山的路，也没有石阶，修道院的修道士出入都是依靠吊篮、木梯、绳索和滑车，难如登天。我们参观的教堂都是修行者手提肩扛，一块砖一块砖地垒，历经二三百年才建成这般规模，也许唯有如此疯狂的举动才能留下这般传奇的建筑吧。

　　修道院的一个角落里，有间不起眼的房子。随便向里面瞟了一眼，我被吓得头发都竖起来了，靠墙的书柜上齐刷刷地摆放了几排头骨。询问之下得知，原来很多在这里修行的修道士临终前表示希望自己能够永远地留在这里，所以修道院特意建了这样一个房间，完成他们的遗愿。再次望向那些白花花的头骨，原本有些阴森的房间，突然显得热闹欢快起来。那些有着共同信仰的修道士能够在死后聚集一堂，真是很棒的归宿。生前在此修道，死后在此守望，生死之间不可逾越的界限变得不复存在。在最令他们心安的地方，虔诚的修道士得到了永生。

从梅黛奥拉下来，没多久，糖糖就在泳池边摔倒划伤了。他膝盖上流的鲜血渗出了牛仔裤，伤势看起来比较严重，糖糖只得在希腊导游和小饭的陪同下一起去医院了。

虽说希腊政府要破产，但这个国家实行的依旧是免费医疗政策。这里的"免费医疗"指的是，无论什么人，无需证件，都可在这里享受到免费的医疗服务。

在药店门口，四处溜达的我们正好碰到刚去过医院的糖糖和陪着他的小饭。糖糖颇有感慨地说："我，这么一个普通的外国人，只是在预检台前刚说了一下受伤过程，就马上被领进一个房间。没两分钟，两个医生外加一个护士都过来了，非常热情。医院整洁干净，除了刚刚在药店花18欧元买的消炎药，什么挂号费啊，诊疗费啊，都没有。一个女医生负责诊断，另外一个男医生给我缝了六针，女护士在一旁做助手。整个过程，我感觉非常好，真的让我体会到了以人为本。这样的免费医疗简直颠覆了我对医患关系的认识。"

小饭也在一旁感慨，"糖糖受伤，让我看到了一个平常不容易观察到的方面。原来人可以受到最大程度的尊重，可以超越任何的东西。"

5.3 惊喜总在计划之外

今天是我们在希腊经停的最后一天。这次匆匆希腊之行给我们留下很多遗憾，遗憾没能去雅典，那里是整个欧洲文明的根基；遗憾没能去圣托里尼，那里是无数人梦中的蓝白天堂；遗憾没能去克里特岛，那里是希腊神话的发源地；不过，最让我们这帮不折不扣的"吃货们"遗憾的是，居然到现在全体队员还没有吃到一顿真正的海鲜！

进入希腊的第一天，我们晚餐的地点就在距离大海仅隔十几米的沙滩上。当时大家都以为可以面朝大海，美美地吃上一顿海鲜大餐，谁知协办方给我们预定的居然是每人两块鸡胸，外加两个番茄和一盘烤茄子。天啊！根本没人喜欢吃鸡胸好嘛。面对无敌的海景，我们失望地嚼着无味的鸡胸。这顿饭吃得大家意兴阑珊，唯一的兴致就是逗逗沙滩上到处溜达的胖海鸥，看看它们肥美的身材，想必肚子里一定装了不少美味的海货，真是令人羡慕。

接下来的两天仍没有海鲜吃，大家的失望之情溢于言表。当我们听说离开希腊前的最后一顿饭，导游郑景仅仅打算让我们在高速公路的休息站里将就时，大家忍不住开始抗议了。

轱辘作为车队代表与郑景进行沟通，希望他可以了解我们之所以选择自驾出行，就是希望可以灵活调整行程。一般的旅游只是点到点的移动，不会关注景区之外的事物。自驾游的特点就是随心所欲、到处留"情"，以品尝当地美食、了解风土人情为主要乐趣，所谓的游览景点倒在其次。如果用带大巴团队的方式来对待我们，那就真的失去了自驾的意义。我们在手台中纷纷表示若是这顿午餐不能让我们感到"很希腊"，那我们真的就会像没有来过希腊一样地离开了。

导游郑景还在犹豫，糖糖索性一个转弯开出预计行驶路线，随机地开进了一个岔道，小饭的MG5紧随其后，干脆就让老天来决定究竟要给我们一顿怎样的"告别午餐"吧。

随心所欲地开出了几公里，我们来到一个名叫斯戴里亚艾尔拉达的村镇，这是一个百度上没有显示的地方。村镇不大，基本上就是围绕着一个长度约300米的海湾沙滩而建。沙滩上有一排用茅草扎成的圆顶遮阳亭，亭子下随意摆放着公用沙滩椅。纯净蔚蓝的海里有两三个人在游泳，还有人懒洋洋地躺在沙滩椅上小憩。想必他们都是住在附近的村民，趁着午休时间，来此处清凉一下。

我们看见了，在离沙滩不远的一处高坡上，有一家饭馆。大家快速将车子停到沙滩边，步行登上几节台阶，走进饭馆的院子。院内一棵大树，结满了鲜鲜亮亮的明黄色柠檬。柠檬树下摆了几张闲置的长条桌椅，大家七手八脚地把桌子拼了起来。在等老板娘拿菜单的时候，我们一个个像饿狼似地用眼角打量着邻桌的饭菜。

"我看到了炸小鱼和煮大虾！"小饭不大的眼睛中放出了异样的光彩。

等老板娘一过来，我们一股脑地将菜单上所有的海鲜点了个遍，炸小鱼、炸鱿鱼、烤大虾、煮大虾和煮章鱼。由于只是村子里的饭馆，菜单上出现的都是些最平常不过的海鲜，即便这样，我们还是抱着极大的热情等待着这顿来之不易的"海鲜餐"。

正当大家热火朝天地点餐时，轱辘悄悄溜走了。他有个习惯，只要见到水就要争取游一游，这会儿还没上菜，便打算见缝插针地在这片海域畅游一番。

没过多久，轱辘跛着脚回来了，手中拿着一小团黑乎乎的东西。原来这海里居然生长着很多扎人的海胆，轱辘不幸中招，还好被扎得不算厉害。他手中的这团黑乎乎、浑身长满刺的东西就是"肇事"的小海胆。

轱辘气呼呼地把海胆丢到桌上，小饭、若虹、瑞瑞几位围了过来，兴奋地开始讨论要如何处置这个"罪犯"。当听到他们打算跟厨房借把刀，直接将它开膛生吃时，我和Coco吓了一跳。我们两个北京姑娘到底没有上海人那么敢吃，对于直接在桌上砍杀活物很难接受。在我和Coco的反对下，几位生鲜爱好者只得悻悻作罢。Coco怕他们改变主意，赶忙胡乱找了一块布，将已经吓得魂飞魄散的小海胆裹起来后，一溜烟地跑到海滩将它放生。

幸好，老板娘及时送上美味佳肴，成功地转移了大家的注意力。这顿饭真是不负众望，虽说做法无非就是简单的炸、烤、煮三种，但因食材新鲜，每个人都吃得不亦乐乎。车队的十个人居然将整个小饭馆里的鱼虾全部吃完了！

这顿美餐大大地鼓舞了车队的士气，连日来由于那多离开而显得有些郁郁寡欢的赵若虹也变得精神抖擞起来。她表示吃饱前觉得此地为一片荒郊野岭，一顿海鲜吃过之后，胜利感强烈，惊觉山水美得十分振奋，仿似神话仙境，好像伊阿宋跟他的勇士们随时都会驶着船在海平面上出现。

5.4　人车共渡地中海

巴黎如果有海，就可以自称巴里了。意大利人如是说。

对一个远不如巴黎有名的地方，居然敢这样自夸，也不知意大利人是太过自信还是太过幽默。无论怎样，至少他不会是单调乏味的。未来的一个礼拜，我们将有大把的机会亲自感受这个以品位和设计闻名全球的浪漫国度。

今晚，我们同车子一起从希腊帕特雷坐船到达意大利的那个听起来比巴黎还牛的巴里。在这趟航程中，我们每辆车子只需支付59欧元。与之前由于行程突变临时将车从俄罗斯运到土耳其的每辆600多美元费用相比，真是太便宜了。想想当时应该是被俄罗斯的船公司趁火打劫了，不过迫于紧急状况，即使要价再高，我们也只有点头的份儿。人在外，有些"冤枉钱"是必须花的。

驶上渡轮，根据船员的安排，车子被停到了甲板上的指定地点。车子四周

　　有铸铁的固定点，开船前船员用缆绳将车胎捆好固定。

　　渡轮的双人间里干净舒适，麻雀虽小五脏俱全，有独立卫生间，能淋浴，还有一扇不能打开仅供观景的窗户。

　　渡轮餐厅里，阳光正好，我选了一处靠窗的位置，懒懒地靠在沙发上，突然一些想法钻进了我的脑袋。

　　等过些年，日子过得有些乏味时，定要约上三五个闺蜜坐着豪华邮轮来场洲际旅行。邮轮上既有美酒、美食、热闹派对，又可看书、发呆、做瑜伽、吹海风，绝对是放松的最佳选择。

　　时代变了，新一代的女性不应再只是"贤良淑德""忍辱负重"的代名词，我们应当知道何时努力向前奔跑，何时适当放松自己。女性特有的柔美状态特别容易在当今社会和家庭的双重压力下，不知不觉地流逝。长此以往，女人会变得越来越硬，越来越不可爱。身为女性，我们很有必要过一段时间就找个机会放空自己。即使不去坐豪华邮轮，也要用独处的时间和空间，来重新审视自己，让变得麻木的神经重新柔软起来。

无论是夫妻关系还是亲子关系，"过度付出"是摧毁所有感情的最大杀手。当人的付出超过所能承受的范围时，她自然会脾气暴躁，事事不爽，觉得谁都对不起她。这时，付出的人会怨声载道，接受之人即使最初心怀感激，慢慢地也会被这种关系弄得心情烦躁，避之不及。这样的情况在中国传统家庭中并不少见。只有"心甘情愿，不求回报"的适度付出，才会成为一个良性循环的开始。

我不希望自己将来变成一个只知道一心扑在孩子身上的妈妈。我要成为未来的孩子的榜样，与他共同成长，让他以我为荣。我们每个人都有自己的梦想，都是平等而独立的个体。我不会将自己的梦想寄托在孩子身上。我的梦想由我自己负责完成，孩子应有他自己的梦想，他的追求，那才是他需要来完成的。作为父母，能给孩子最好的礼物就是尊重他，给他选择自己人生的自由。只有拥有了选择的自由，才会勇于承担、才会对自己的未来、自己的选择真正负起责任来。

5.5 庞贝古城：时间定格在了那一刻

因为是周末，意大利大多数的加油站都关了门，导致整个车队油箱告急。意大利政府曾规定周末上班是违法的。后来，这条法律虽然被取消了，但意大利人民还是坚持认为，周末上班是违背上帝意志的。兜兜转转大半天，最后在一个窄窄的巷子里，车队找到了两台孤零零的自助加油机。因为道路过于狭窄，一次只能将一辆车停进去加油。这条道路由于我们的出现而很快变得水泄不通，车进不来也出不去。

意大利方面派出接待我们的地陪是位中国女性，她既不会开车，对道路行驶、加油付费等方面的事情均是一窍不通。多亏了Coco，这位能干的北京大妞，暂时充当起了车队"加油工"的角色。快排到"小三"时，我摇下车窗，大声冲她来了一句："兄弟，加满！"她咧嘴一乐，没控制好正在运转的油泵喷口，直接给站在身旁的小饭浇了一身汽油。小饭哭丧着脸赶紧找出行李里为数不多可供换洗的衣服，躲进车内匆匆换好。

加完油后，经过一寸一寸的挪移，车队终于挤出小巷。正常行驶没几分钟又发现轱辘的"老三"跟丢了。这段路是单行道，一旦错过便无法回头。Coco又一次开启了女汉子模式，力挽狂澜。她拎着手台，紧急叫停移动中的车队，箭一样地从自己的车子里奔出来，以百米冲刺的速度向反方向奔跑，及时截住了马上就要拐上另一条岔路的"老三"。我不禁在心里给她点了100个赞，北京姑娘就是给力！

初到意大利，各种的行车不习惯导致了场面空前混乱，但这丝毫没有影响我的好心情，因为我终于来到了憧憬已久的庞贝古城！

我从小就特别钟情于奇幻故事，脑袋中经常出现形形色色的奇思怪想。外太空、宇宙大爆炸、黑洞、时光穿越这些都是我的最爱。长大一点后，才意识到这辈子可能无法离开地

球，我便将注意力转到寻访脚下这个蓝色星球上的远古奇迹、神秘遗址上。当我听说世界上有这样一个被"定格"了两千年的城市时，便打定主意一定要去看看，去亲手抚摸那些残垣断壁，去感受两千年前的那场灭顶之灾。

公元79年8月24日，维苏威火山开始了连续18个小时的喷发，厚重泥浆与火山灰喷向空中，遮住天日，摧毁了城中的一切。庞贝瞬间变成人间地狱，城市被整体埋葬，时间在那一刻凝结，火山灰就像一道封印将庞贝封存起来。当时年仅17岁的小普林尼，在火山爆发时，正和母亲在米塞纳（庞贝城对岸20公里）拜访叔父老普林尼。小普林尼"隔岸观火"，目睹了火山喷发的全过程。

"一大片雪松形状的乌云突然出现在地平线上，巨大的火焰熊熊地燃烧起来。天空变得一片黑暗，火焰显得格外耀眼。那燃烧着的火山碎石正像冰雹那样从天上猛砸下来。"小普林尼这样记载着所看到的一切。

灾难过去了一千九百多年，经过漫长发掘，庞贝这座古城穿越了时光的隧道，从古代来到现代。行走在庞贝古城街巷，罗马时期人民的生活面貌一幕一幕鲜活地展现在我的面前。这里各个角落都彰显出繁荣的景象，神殿、竞技

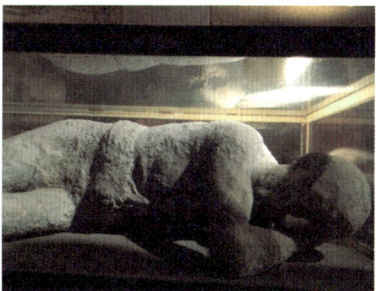

场、浴室、酒吧、妓院、大型集市等，一应俱全。上至达官贵人的豪华官邸，下至平民百姓的简朴住所，各个阶层在这个城市都可以找到适合自己的生活方式。

布局合理的上下水系统遍布全城，体现了当时建造者高超的水准。一位红发的意大利讲解员把我们这些被烈日晒得口干舌燥的游客领到一处公共饮水池。这里是以前庞贝古城用作公共饮水池的地方，现在原址原用。弯下腰捧起从雕刻成人脸的石块中流出的水，咕咕喝下，此时此刻我似乎听见了马车声从身后传来，看见身披绫罗绸缎的富商从车上下来，只消两步便只身进入氤氲的浴场。手中的水喝完了，我再直起腰，俯仰之间千年已逝。

跟着红发姑娘走到一处看似平淡无奇的街口。只见姑娘一脸神秘地将手上刚刚从饮水池处接满的瓶装水倾斜倒出，然后用手指了指地面上润湿的部分，一个男性生殖器的浮雕赫然显现出来，所指方向为一家规模较大的妓院。众人大笑，这可真是集路标与场所说明双重功能于一身的绝妙设计。意大利的先贤真是天才，如此设计相信从地中海登陆的商人，即使语言不通，看到此等标识，也可很顺利地找到慰藉自己的"温柔乡"了。

随着意大利红发姑娘继续前行，我看到了自己最想见的"人体化石"，那一瞬间我几乎无法呼吸。这些"人体化石"的死难者中，有些怀中抱着孩子，希望用自己的躯体保护其生命；有些手里握有神像，或双手合一低头祈祷，渴望奇迹出现。只可惜在大自然的威力下，人力显得如此渺小。火山灰包裹了他们的躯体，凝固了他们最后的姿势。这些"人体化石"并不是真的化石。死难者遗体外部被不停落下的火山灰裹住，时间长了身体腐烂，火山灰形成很硬的空壳。考古学家们便利用石膏灌注，复制出逝者的雕像，把他们永久定格在生命的最后几秒钟。

　　不远处曾经埋葬这里的维苏威火山仍会偶尔冒出轻烟，没人知道这座活火山下一次的雷霆震怒将会是何时。

5.6 苏莲托：一半海水，一半绝壁

苏莲托是伸入地中海的一个弧状半岛，一首旋律优美，表达了对爱人的呼唤的意大利民谣《重归苏莲托》，把这个美丽的地方变成了著名的景区。高低错落的白色地中海式建筑在悬崖之上傲然挺立，山脚下是碧波荡漾的地中海，五颜六色的小船静静地点缀其中……

沿海公路蜿蜒曲折，不下数百个转弯。道路两侧一面紧贴山岩，另一面挨着直入地中海的万丈悬崖。也许因为凿山开路实在太过困难，这么险的公路居然比正常的两车道还要窄！当两车相会时，一辆车需要停下来，才能让另一辆慢慢通过。如果都是大车的话，则需要配合移至特定的地方才能通过，因此碰到几辆车一起倒车的情况大可不必奇怪。驾驶水平一般的同志还是建议不要在此处尝试自驾，而驾驶技术过硬的朋友就一定不要错过这段风光旖旎的滨海山道。

傍晚时分，越临近苏莲托车子就越多。与我们相反方向的，要出城的车子，在绝壁上稳稳地排起长队，队伍之长令我这个来自帝都"堵车重灾区"的人都不忍直视，看阵势没有

四五个小时，他们是别想离开此地了。

不过这些被堵在路上的人，仿佛心情都不错。尤其当我们车队在他们面前缓缓开过时，那场面就像是电影中的慢镜头。我们不时向他们挥着手，而他们脸上的表情无不从惊讶变成惊喜，然后开心地对我们竖起了大拇指，甚至有人从敞篷车内探出半个身子，与我们挥手致意，我们成为他们日落前看到的最后一道风景。

5.7 午夜那不勒斯：糖糖被"卡"记

对于我们，意大利的迷人之处除了古迹、风景，自然还不能忘了美食。美食不但可以果腹，还有治愈心灵的功效。在那本被誉为全球女性圣经的《美食、祈祷、恋爱》中，离婚后的女主角游走意大利大街小巷，尽情地享用冰淇淋、意大利面、披萨等美食，不顾忌腰围，不为男人而担心体重，持有大不了就买大一号牛仔裤的心态。她融入当地的生活，享受不做任何事情的快乐和悠闲，用美食抚慰了上一段婚姻带给她的伤痛。

不远万里来到了此等美食王国的我们，自然也想要好好犒劳一下自己的肚子。当地人告诉我们，在那不勒斯，披萨是绝对的美食首选。手工压制的薄薄披萨底，用木炭炉子烤，温度严格控制在215度—250度之间，这严格而讲究的披萨底成了那不勒斯的代表。铺上番茄、干酪和新鲜罗勒，一口咬下去，齿颊留香。最简单的口味往往最考验功力，对于无肉不欢的我，居然不得不承认这个刚刚被我吃进肚子的"素披萨"是我吃过最好吃的意大利食物了。

一小时之后，我们扶着吃得溜圆的肚皮奔向预定的酒店。进入土耳其后，车队就已经不再配有当地引导车，全凭导航带路。之前导航一直能准确高效地将我们送至目的地，不知为什么偏偏在夜深人静，道路异常狭窄且坡度极大的那不勒斯犯了迷糊。按照导航仪指示，糖糖一把将车子开进了一个仰角超过20度的狭长小巷。

小饭首先表示了怀疑："这路不太对吧，我们订的可不是什么弄堂里的小旅馆啊。"

小北也犯起嘀咕，"路这么窄，坡这么陡，一旦需要刹车或是倒车，'小三'恐怕吃不消的。"

糖糖一边费力地爬坡，一边在手台中跟我们说，"你们的'小三'够呛啊，先别上来，我先探探路。"

大家都知道我们的"小三"排量小，动力不够强劲。每次遇到上坡都需要关闭空调全力冲刺。若是遇到上坡车道较长的情况，轱辘会通过手台提醒前面的车子让开，给我们的小三留出足够的空间进行冲刺。多亏有了这些体贴的队友，处处替我们着想，为小北和我避免掉很多麻烦。

过了大约十秒钟，手台里传来糖糖的急切喊声："不要动！你们都不要上来啦，我已经被卡住了！"

原来这个巷子是喇叭形，越走越窄，另一头的出口处，车子根本无法通过。糖糖的左侧车身和右侧后视镜分别擦到了两边的墙壁，名副其实地被"卡"了。意大利有些路真是窄得吓人，"一推开家门就能撞到车"这样夸张的形容竟是这里的真实写照。

古老的石板路上，不远处路灯跟树影婆娑的枝叶交错掩映，像极了罗密欧与朱丽叶秘密约会的场所，在本该一呼一吸之中都能感受到浪漫的地方，却出现了大煞风景的场面：几个风尘仆仆的中国男人满头大汗，凭借手机打出的微弱亮光来测定车轮的调整方向，还不停地用中文招呼着："左左左、停停、右一点、往右一点打轮……不、不、不行，又刮上了！"

就这样脸红脖子粗地折腾了半天，终于将糖糖解救出来。只见糖糖幽幽叹了一口气告诉我们，就在刚过去的夜里十二点，他正式步入了五十岁。

轱辘在一旁给糖糖打气，"这说明连上天都不愿让你进入半百，非要把你卡在四十的尾巴，要你青春永驻。"

大家觉得这解释十分到位，纷纷拍着糖糖的肩膀，祝糖糖不要辜负上天的美意，务必把青春的激情永久"卡"在心中。

5.8 记忆中的那抹艳丽——波西塔诺

阿玛菲海岸被《国家地理》评为50个一生必去的地方之一，其沿海行车道是自驾者心中的圣地。它始于苏莲托，由多个临海小镇共同组成。连接这些小镇的唯一一条公路开凿在半山腰上，一边贴着山，一边临着海，九曲十八弯。海岸线上全是延绵险峻的山体、高耸的断崖、狭长的海滩，蔚蓝的地中海安静地依偎在一旁。

时间有限，我们没有探访所有的特色小镇，直奔被称为"最美小镇"的波西塔诺。停下车子，大家在小镇开始分头行动，即使是最路痴的我也不担心迷路，因为只要沿着台阶一路往下，迟早会看到美丽的沙滩。

雪白的遮阳伞，雕花的铸铁桌椅，粉色的三角梅搭成的顶棚，装点着整条甬道。小镇一派悠闲和安逸，这里家家户户都会侍弄花草，向全世界的旅人展示着一种真正的甜美生活。

精品店中人头攒动，当地限量版时装、纯羊绒的高档披肩、简约的白色亚麻长裙无一不显示出意大利独立设计师天赋异禀。欧洲游客很喜欢到阿玛菲的小镇度假，除了风景优美以外，这里的商品在欧元区是出了名的物美价廉。

在一间精品店中，遇见正在埋头挑选男士T恤的Coco。这家伙别看平常嘴上老叨叨要看遍意大利帅哥，其实她心里一直惦念着远在国内的先生。每到一处都会为自己的先生精心挑选既低调又能彰显品位的T恤或是衬衫，几乎顾不上给自己买什么东西。Coco就是一个标准的外冷内热、刀子嘴豆腐心的贤妻，不过谁要是当着她的面夸她贤惠，自诩为"新时代女性"的Coco，肯定是要跟你翻脸的。

暂别Coco，继续下行。口干舌燥的小北和我随意走进山脚下的一间露天咖啡馆，当把这里的Gelato放入口中时，整个世界都清凉下来了。

Gelato是著名的意大利冰淇淋，被奉为冰淇淋的经典。它出自传统家庭手工作坊，不屑与其他冰淇淋为伍，呵呵，谁让意大利就是这么个骄傲的民族呢。不过，Gelato的这种骄傲是有理由的。它是随着制作人的心情任意调配原料比例的，所以每一款都独一无二。另外，它的选料遵循天然原则，除了原料本身含水外不会再增加一滴水，口感的确令人惊艳。更值得一提的是，如此美味的食物居然还低脂、低糖、低热量，吃了也不会发胖，简直令爱美女性为之疯狂。

Gelato唯一的缺点就是，其奶油浓度与融化速度成正比。眼前的Gelato

融化太快，根本不给我一边优雅地吃冰淇淋，一边偷瞄隔壁桌意大利帅奶爸的机会。

不远处的这位意大利帅奶爸边吃着冰淇淋，边逗着婴儿车上一岁左右的宝贝，看起来既养眼又暖心，看他那熟练哄娃的样子应该是经常自己带着宝贝出来旅行。在意大利帅气奶爸的身影比比皆是。我每每对他们表示大赞赏的时候，小北总是不服气地表示以后会做的比他们更好。听了小北的话，我心里那叫一个美。

吃掉眼前的Gelato，燥热一扫而空的我们慢悠悠地蹓到了沙滩。刚才身处小镇之中，只觉精巧别致，并没发现什么令人惊奇之处。当我们走完所有蜿蜒而下的石阶回首而望，才看出原来依山而建的小镇竟自成了一座漂亮的彩虹山。无数小巧的、以典型的地中海色——白、芥末黄、暗橘红为主的房屋从海边延伸到山顶，背后是湛蓝的海水、蔚蓝的天空和悠悠的白云，难怪被誉为"童话小镇"。

人未离去，已然不舍。

5.9　寻找罗马

人生之事大抵如此，当你太期待做成某件事情或得到某个东西，实现时反而有些失望。也许正是因为期待得太久，人会在不断积累的想象中美化了原本的样子。

罗马——那个在赫本眼中"独一无二的罗马"，在但丁笔下"造福世界的罗马"，初见之下并未令我着迷。

从南方不断北上的太阳，让亚平宁平原一日热过一日，整个罗马好似被罩在蒸笼之中。进入斗兽场还不到十分钟，小北就差点中暑，一屁股坐在了高层看台的阴凉处，一步也不想移开。本来对角斗台下关押猛兽和角斗士的地窖以及将他们升上"杀场"的古代升降机十分感兴趣的我，同样只顾得在一旁"呼

呼"地喘气，眼睁睁地望着近在咫尺的真迹，完全没有了探究的欲望。

休息片刻后的我们继续顶着烈日来到全世界青年男女都心心念念的许愿池，想亲自演绎一幕浪漫邂逅的桥段，结果发现这里开始了将持续一年半的许愿池整体维修。池中的水已被抽干，连朝池中扔硬币许愿都成了奢望。唉，午夜梦回，许愿池边，经典的爱情圣地却变成了施工现场，令我欲哭无泪，只得继续前往梵蒂冈。

天主教的中心梵蒂冈的确称得上美轮美奂。华丽巴洛克式风格的圣彼得广场两侧由两组半圆形大理石柱廊环抱，圆柱上端是由大理石雕刻的140座圣人像，神态各异。广场前能容纳6万人的世界第一大教堂——圣彼得大教堂更是华丽无比，令人叹为观止。内部到处是栩栩如生的塑像、精美细致的浮雕，甚至脚下彩色的大理石地面都显得光彩照人，令人目不暇接。

就在我们流连于圣彼得大教堂的极致华美之时，传来若虹父亲病重的消息。若虹须先行离队，大家一下子都没有了继续欣赏的心情。回想起来，前两日若虹就开始显得心事重重，原以为她是在思念那多，没想到却是家中出现变故。看着几近垂泪的若虹，我不知如何去安慰。此时，任何语言都显得那么苍白无力，我只能用默默的祝福和一个紧紧的拥抱来向她告别。

若虹的突然离去，让全车队的人都感到了人生无常。我很想做点什么来安抚心中的不安。也许可以在这距离上帝最近的地方祷告，以求心中安宁，可我并不是信徒，不适合以这种方式寻求慰藉。

最终在梵蒂冈的邮局，我和小北破例写了几张明信片寄回国内。通常爱旅行的人热衷于寄明信片给国内的亲朋好友或是

自己，分享此时此刻的心情。可能是因为懒吧，行走了这么多地方，我并没有养成寄明信片的习惯，今天是个例外。此刻的我很想在明信片上写下点什么深刻的话语，却不知从何落笔，思来想去只写了"一切安好"四个大字寄给亲人和自己。"安好"应该就是最大的期许吧，不单是为了自己，这份安好中还承担了一份为人子女的责任。只有自身"安好"了，才能更好地担负起责任。

回到酒店的我们发现，"小三"的左前轮瘪了，这完全验证了墨菲定律——如果你担心某种情况发生，那么它就会发生。出发前小北就一直担心轮胎可能会出问题，因为他不知道怎么换轮胎，在罗马，他的担心终成现实。

在轱辘的指导下，小北第一次动手更换了汽车轮胎。之后的好几天我都心有余悸，生怕在路上开着开着，新轮胎飞了出去。担心归担心，还是忍住了没在嘴上碎碎念，男生最怕的就是身边的人不信任自己，"男生需要崇拜，女生需要体贴"这种相处之道还是挺正确的。对于男生，你越崇拜越信任他，他就越有干劲，越能成为你的支柱；对于女生，你越体贴，她就越温柔，越会支持你的决定。

入夜后，闷热的空气中终于有了一丝凉爽，换完轮胎后的小北和我溜出酒店，逛到了附近的一座广场。暖黄色的路灯将整座广场映照得如同舞台，四周几百年历史的建筑成了舞台背景。青年拨动着琴弦将美妙的旋律演绎成了一种心情，我踮起脚随着他的旋律旋转舞动。

在阳光下声名显赫、万众瞩目的罗马地标性建筑散发着拒人于千里之外的气息，使人无法靠近。而此刻在月光下一座不知名的罗马小广场，让我感受到了属于我的独一无二的罗马。

5.10　来世你愿做托斯卡纳的一棵柏树吗

连绵的葡萄园沿山边一直连绵到山顶；绿色烛火一样的柏树，努力地将自己的头顶伸向天空，像士兵一样矗立在山岗。

托斯卡纳之所以如此美丽，要归功于在此地拥有强大势力的美第奇家族。他们创造了"田园生活"这个新概念，鼓动中世纪生活在城市中的人们走到托斯卡纳区的郊外，在神秘的城堡和清新的牧场中放松身心。

在美第奇家族的引领下，这种田园生活越来越受到人们追捧，乡村城堡如雨后春笋般遍布托斯卡纳广阔的三角地带。这些老房子的价格不可小觑。一个当时的简易农舍，现在已经可以轻松标价到一百万欧元。

不过，要感受这样的生活也不一定要买房，租房就划算得多。约上两三好友在古堡中小住，既可结伴而游，又可分摊房租，不失为一种绝妙的假期安排。

你可以在清晨，享受被窗外的幸运鸟叫醒的幸福，感受房间里从古老的百叶窗透过来的几缕阳光。下午喝一杯茶，在门廊的庇荫下懒懒地发呆，看着不远处的樱桃、梨和苹果树以及古老的黎巴嫩香柏。黄昏时分，注视着太阳渐渐消失，看整个天空的流光溢彩。厨房里，超甜的西红柿、马苏里拉奶酪、罗勒叶、橄榄油、香醋、佛卡夏面包、美酒，混合在一起挑逗着人们的味蕾。

陈丹燕曾有这样的描写，"要是有来世，我想做一棵树，长在托斯卡纳绿色山坡上的一棵树。要是我的运气好，我就是一棵形状很美的柏树，我的树梢是尖尖的，在总是温暖的绿色的山坡上静穆地指向天空。我站得高高的，能看见很远的地方，变成了孤儿的拉斐尔正在渡过一条蓝色的小湖，他要到罗马去画画；而在另一个阳台上，达·芬奇正在给蒙娜丽莎画着肖像，她微微笑着。我一辈子活在自己熟悉的山坡上，边上每一棵橄榄树都是世交，从来没有迁徙时的凄惶，风轻轻地吹过，我弯了自己的树梢，路过这里的但丁看到了，把我风里好看的样子写在他的书里。做托斯卡纳山坡上的一棵柏树，一生一世，面对的只是在阳光里宛如流蜜的绿色大地，这是多么好的来世。"

如果有来世，我愿意做这样的一棵树，你呢？

5.11　到了欧洲，就要像欧洲人一样开车

刘萌——是我们整个行程中的最后一任导游。虽是中国人，但由于多年被德国文化熏陶，刘萌的言行举止完全符合德国民族高效、严谨、严肃有余、幽默不足的特点。

行车过程中，刘萌的信息播报精确完整，绝无废话。只是过于专业化的语言让产生了距离感，虽然是用中文交流，大家却没有了积极回应的欲望。察觉到了听众们的意兴阑珊，想要缓和气氛的刘萌突然话锋一转，开启了对意大利人的吐槽模式。他一口气给我们讲了好几个二战时期意大利军队的搞笑段子。

那时，意大利与德、日三国组成的法西斯同盟，号称"轴心国"。对于德国来说，意大利这个盟友的存在印证了一句话："不怕神一样的对手，就怕猪一样的队友。"作战时，意大利人一直秉承着"当我们睡觉时，敌人也在睡觉"的观念，结果只一小队英军就轻易俘虏了一个正在呼呼大睡的意大利军队。

除了必须休息好，对于"吃"，意大利军队也毫不马虎，意大利军人被俘之后也会想着越狱，但他们的越狱动机可不是为了逃走，而是听说另一战俘营的伙食更好而已。

哈哈，意大利这个民族一直就是这么特立独行，对"休息"的重视和对

"吃"的推崇真是融入到了他们的血液之中。几个小段子下来，与刘萌之间的沟通变得顺畅起来。看到大家情绪高涨，刘萌顺势又给我们补了一堂驾驶课。其实，他一直在暗暗担心我们这支来自国内的车队在欧洲"违规"驾驶。

欧洲驾车有两条基本要点：最右原则及靠左超车。第一条要求只要你右侧有空，你就必须在右侧。第二条则要求超车必须在左侧，即使右侧空着也不能利用右侧超车。

当公路发生拥堵时，这里还要求所有在第一车道的车辆尽量向左靠，第二车道的车辆尽量向右靠。欧洲法律规定，一旦发生拥堵和事故，在第一车道和第二车道之间必须留一条应急通道供警车、消防车、救护车通行。对于这条规则我们有点不理解，那不是有紧急停车带么，不能通行吗？刘萌有些不屑地回答："紧急停车带只用于紧急停车，任何人都没有权利在紧急停车带上行车，包括警察。"紧接着他又补充一句："你只可能在意大利看到有人在紧急停车带开车，在德国是绝不可能发生的。"意大利人民再次中枪。

欧洲路上的环岛非常多，基本都不设红绿灯，环岛让行规则也是必须要牢记的：环岛内侧是道路的主路，外侧是辅路。因此，在欧洲，转盘内侧的车辆拥有绝对的先行权！外侧车辆一定要在保证安全、在不影响内侧车辆行驶的情况下方可进入内侧车道。

在欧洲行车先行权是个很重要的概念。如果你行驶的路上有一个黄色菱形的图标表示你具有先行权，可以不用顾及旁路直接冲过去；如果有标明"停"，一定要停上三秒，才可通过，无论是否有其他车辆；如果路口竖着一个倒三角，说明你没有先行权，要注意避让其他有先行权的车辆。

交通行为可以反映出国民个性，欧洲人在积极维护自己权利的同时，也会去尊重别人相应的权利。中国人的个性大多较为中庸、圆滑，凡事讲究酌情处理，不会完全按照原则办事。我们不能照搬欧洲的行为方式到中国，甚至不能用他们极高的自觉性与国人来比较。国情不同，没有可比性。但如果大环境变了，人自然会做出相应的变化，入乡随俗绝不是件难事。

在刘萌的指导下，我们这支"亚洲"车队很快就学会了像欧洲人一样开车。

5.12 "劫车"

行驶的过程中，车队经常会引起小骚动。时常会有其他司机在与我们交错时向我们竖起大拇指，或是在超越我们后把手高高举起，向我们致意。我们这群平凡的人由于正在做着一件不太平凡的事而被大家广泛关注着。

今天，车队仍像往常一样匀速前进，一辆黑色奔驰毫无征兆地迅速超越我们，强行将整个车队拐入加油站。

可能是《教父》之类的片子看多了，不明原因的我开始怀疑是否遭遇了意大利黑手党的劫持，脑海中浮现出一幅幅黑白且血腥的画面。胡乱紧张一通后才弄明白原来是我们被自己人"劫"进了加油站。

这位驾驶奔驰车的先生是MGCC意大利翁布里亚地区的负责人，名叫皮埃尔。下周意大利有一个100多部MG（MORRIS GARAGE）老爷车集体参加的自驾活动，今天他就是为这个活动去探路的，谁知在路上竟然碰到了来自中国的MG车队。

皮埃尔先生兴奋地邀请我们参加下周的活动，并热情地表示如果在意大利碰到什么麻烦可以打电话给他，他在意大利还是"有点办法的"。看着他略带神秘的笑容，瞬间，意大利黑帮谈判的画面又出现在我的脑海中……

由于很快就要离开意大利，我们只得婉谢皮埃尔先生的邀请，但通过这次偶遇，队员们第一次真正见识到了MG这个品牌的凝聚力。老实说，虽然这次远征是由MG汽车品牌支持，但我个人对它的历史却知之甚少，看到这样一个中国非主流的汽车品牌居然在世界各地活跃着这么多的热情车友，不免觉得十分惊奇。

轱辘和瑞瑞身为MGCC的中国区负责人在上海接待过很多来自海外的MG会员，对于MGCC在世界范围内强大的号召力早就习以为常。轱辘告诉我们，MG拥有全球唯一一个成立至今超过80年的车主俱乐部。俱乐部总部每年都会为会员精心准备一道狂欢盛宴，让来自世界各地的MG车友可以欢聚一堂，这就是从1950年开始一直延续至今的银石赛道MG CLUB年度盛会。

MG从1924年诞生之始，就与阿斯顿·马丁、捷豹、摩根以及奥斯汀齐名，弥补了英国跑车的空白，得到上流社会的偏爱。几年前，这个品牌被中国企业收购后，推出了几款性价比高的新车型。我们这支车队就是中国自主研发的新一代MG家族。这次的万里之行从某种意义上来说算是"中国MG小辈们"的寻根之旅，兼顾来庆祝老本家的90岁大寿。

与意大利车友的片刻交流给我们带来了持久的温暖，让我们感觉自己并不孤独，仿佛我们不是来到了异乡，而是在不断地接近故里。这种感觉在接下来与德国、法国和英国MG车友的各种联谊中越发强烈起来，真的很难再找到另外一个客户群体能够对一个品牌拥有如此恒久、如此强烈的热爱。

5.13 加尔达湖：与天鹅同游

听着轱辘自豪地讲述MG的历史，时间过得很快，没多久车队就到了坐落于加尔达湖南岸尽头的西尔苗内镇。这个小镇其实是个半岛，像舌头一样探入加尔达湖。

所有外来车辆都要停在小镇外的停车场，然后游客步行进入小镇。我们选择将车子停在距离湖边最近的树荫下，希望一路辛苦的车子们此时也能同我们一样享受一下难得的清凉。

鸳鸯、天鹅在不远处嬉戏，水鸟大多懒懒地站在伸出水面的木桩上打盹。我们不紧不慢地沿着长长的湖岸线行走，享受着人与自然和平共处的和谐。

岸边的小码头停泊着不同类型的游艇，若是时间充足，你大可以随意跳上其中的一条，只需花上不多的银两就能在意大利最大的湖泊中尽情驰骋。这里的湖岸线全长125公里，宽阔的湖面有大海般的磅礴气势。它的水源来自阿尔卑斯山的融雪，整片湖是在上一次冰河时期结束时因为冰川融化而形成，水质十分纯净，甚至可以达到直饮水的标准。

走着走着，我们看到一座立在水中的古堡。西尔苗内小镇到了！

进入小镇唯一的通道就是古堡上的一座石桥，可谓"一夫当关，万夫莫开"，在古代这一定是一座易守难攻的城池。过了石桥，眼前豁然开朗。小镇的道路从脚下向四面八方铺开，纵横交错。

小镇仍保持着中世纪的风格和模样。穿梭其中，我无意间透过一扇半敞的大门瞥见了一户人家的后院，看似寻常的院子坐拥无敌湖景。从大门只消走下七八节台阶便是平整的草地和若干棵遮天大树，几把藤制座椅和一张木桌随意摆放在树荫之下，再往前便是冰蓝色的湖面。我好奇地想着，若年复一年在此倚湖而居，天天只负责拂去飘落的灰尘，打理树上的枝叶，用心烹饪三餐，又会是怎样的心境？恍惚间，这一念似过了一生……

毫无意外，小镇的尽头衔接着波光粼粼的湖面，湖边平躺着享受日光浴的"美女"们不在少数，环肥燕瘦各有特色。对于她们来说，无论自己身材如何，都能坦然接受并大方地展示出来。

等小北和我来到湖边时，发觉男队友们早已跳入湖中，与天鹅和绿头鸭一

同戏水。鱼儿水中游，鸭子湖面漂。轱辘何处去？天鹅身旁寻。连受了伤的糖糖，都全然不顾自己的腿，也和大家一样，"扑通扑通"在湖中翻腾……

　　畅游一番后，我们驱车从加尔答湖最南段驶离，沿着湖西侧顺时针向北行驶。途中地势不断升高，山路陡峭，山与湖的落差能让人听见心跳的声音。浪漫的意大利人设计了这条一直沿着湖的路，因为有山，便建了很多隧道，但又生怕游人错过了美丽的湖景，干脆在隧道临湖的一侧凿开了一排排"落地窗"。坐在行驶车中的人只消向外望一眼，深蓝色的涟漪便可直接落入眼底。

　　湖的最北端有一座位于半山腰悬崖之下的"柠檬小镇"。在"落地窗"隧道修成之前，这座小镇只能乘船前往。

　　因道路依山而建，故十分狭窄，很多地方仅容一车通过。车队被一对儿刚在湖中游完泳还赤着上身的父子挡住了通道。原本打算挤到一旁给我们让路的父亲从车牌标识的汉字上意识到这竟是远道而来的中国车队。他兴奋地指着我们跟自己四五岁的儿子手舞足蹈地讲了一番，然后执意要儿子与这群"东

方追梦人"合影留念。由于空间实在狭窄，无法打开车门，我们只得坐在车里，摇下车窗探出头费力地与他们合了个影，离开时父子俩一起向车队竖起了4个大拇指。

继续向前，道路更加狭窄，镇里的路连两人并排行走都可能被卡住，车子是无论如何不可能通过的。我们只得一点一点把车退回，费力地停在镇外山坡的一小块空地上，然后沿着狭长的鹅卵石小道步行进入小镇。

小镇里的酒店一家连着一家，全部是无敌湖景。房子上爬满各种绿色植和艳丽的三角梅。"柠檬小镇"的名字取得真是贴切，这里的柠檬种植园遍布全镇，小店里售卖的也都是柠檬挂饰、柠檬饮料、柠檬开胃酒或柠檬图案的工艺品，连路牌上都有一圈黄色柠檬的标志。心心念念要留住这片艳黄的我挑了两瓶一模一样"高跟鞋"造型的柠檬酒，一瓶用来品尝，另一瓶留做纪念。

5.14 "意、奥、德"——一日三国行

在大多数欧洲国家之间相互穿行，就像我们从北京的朝阳区到东城区一样方便。进入奥地利，车队直奔因莫扎特和"音乐之声"而著名的萨尔茨堡。在这座城市游览，永远不用担心迷路，因为高高的萨尔茨堡要塞是最好的指南针。它处于这个城市最显眼的位置，站在萨尔茨堡任何一个地方举目远眺几

乎，都能看到它的存在。

小北在德国读书时，曾与父亲一同来过此地。他向我提过那个白雪皑皑下的萨尔茨堡当年是如何让他惊艳。只可惜如今再见，惊艳的感觉已不复存在。小北的表情像是兴冲

冲地去参加了同学会，结果却发现当初暗恋着的女神如今变成了大妈，留下的只有一声叹息。其实萨尔茨堡还是当年的萨尔茨堡，只是这么多年过去，走过的路多了，见识的多了，眼界自然也就不同了。

离开奥地利的萨尔茨堡，我们开往德国富森。相对于其他风情万种、浪漫奔放的欧洲国家，德国本是最不被大家期待的。女生们听到希腊、意大利、法国的名字就心花怒放，可一提到德国，就好像被泼了一盆冷水，能够想到的，只有"汽车""严谨"等缺乏情趣的词汇。没想到，进入德国后，沿途风景极为养眼，河谷、农田、森林、草地、山峦，所见之处皆为深深浅浅的绿色，如同给双眼做了免费的绿色spa。

刘萌介绍，这就是德国大名鼎鼎的"浪漫之路"。这条路沿着国道由北向南延伸，全程大约300多公里。它并非自古就有，而是德国旅游局在1950年开始包装的一个"旅游品牌"。当时的德国正值二战后的重建时期，到处都有美军驻扎。为了重塑德国形象，也为了招揽美军及其家属的旅游生意，政府把阿尔卑斯山沿线的某些城市和村落整合成一条旅游路线——这就是"浪漫之路"并不太浪漫的起源。后来事实证明，它的开发大获成功，无论是经济上还是国际形象上，都为德国带来了巨大收益。

看到铺天盖地的绿色，我们不禁跃跃欲试，打算在此处为我们的车子拍点大片。乡间的小路并不宽阔，虽然来往车子不多，但我们还是担心随意停靠，会影响到其他车辆的通行，所以我们避开主路，选择在一条通往民宅的小道上进行拍摄。

谁知我们的声响惊动了小道尽头一户人家的看门狗，狗吠声继而引出了正在赤脚练瑜伽的女主人。她见到我们惊喜地捂着嘴，边跳边兴奋地表示无论如何也不敢相信竟会有一支从中国开来的车队就停在她家的院门口。话还没说完，她像是想起了什么，又光着脚跑回屋，取出相机，再次冲了出来。

"我一定要把你们拍下来才行，要不我的丈夫和孩子们是不会相信有中国的车队来到我们家的，我需要证据。"妇人激动不已地解释着。

满足了女主人的合影要求后，我们匆匆告辞，热情淳朴的女主人依依不舍，非常想邀请我们进屋喝杯茶，甚至吃顿饭。只可惜天色已晚，我们不得不马上出发。女主人就一直望着车队离开的方向拍个不停。我几次回头，她的身影越来越小，最后变成了一个小黑点消失在地平线。

我们不得不承认向来与"浪漫"无缘的德国人，利用自身并不算太惊艳的资源成功打造了这条路线。"浪漫之路"遭受战争的破坏相对较少，许多村镇不仅保留着美丽的自然风光和中世纪的街道建筑，还保留着淳朴的民风和热情好客的传统。

5.15　新天鹅堡：童话国王的悲情人生

"浪漫的"巴伐利亚国王路德维希二世从小热爱艺术，迷恋诗歌、绘画和音乐，对政治全无兴趣。他厌倦慕尼黑的尔虞我诈，唯有阿尔卑斯山的气息能够让他精神焕发。国王决定在这里创造一个属于自己的童话世界。

他邀请来剧院画家和舞台布置者，而不是建筑师，以音乐剧《天鹅骑士》为灵感，绘制了新天鹅堡的建筑草图，希望勇敢骑士和美丽公主的动人故事可以在这里上演。国王决意要将这飞扬的旋律在他的新天鹅堡中变成可触摸的现实。

越是美丽的事物就越是需要耐心来浇灌，国王静静地等待了17年时间，终于建成了他的童话宫殿。在这漫长的17年的时间里，国王孤独地生活着，白天睡觉，夜里独自一人骑着马穿过山峦，完全生活在幻想之中。他这种沉浸在个人幻想中的行为引起了王室保守派的不满。1886年国王因精神病被废黜。更为离奇的是，数日后，在这个城堡就要落成的前夕，国王在离开城堡返回慕尼黑的途中，永远地消失在夜幕里。第二天清晨在湖中发现了国王的尸体，人们至今不知道他是自杀身亡还是死于谋杀。

国王的悲情、离奇的人生令人们对天鹅堡的兴趣更加浓厚。原本只等待一人的天鹅堡，如今每日都要接待络绎不绝的各国游客，实非国王所愿，只怪造化弄人。

我们的车队首先到达了国王的夏宫——旧天鹅堡，位于新天鹅城堡的对面。这里参观流程非常标准化，游客需先将车子停放在旧天鹅堡的停车场，按规定的时间换乘统一的大巴前往新天鹅堡，再按票面上写好的时间入场，根据语音提示的时间一步步进行城堡内部参观，这一切都是我们"德国通"刘萌喜欢的节奏。

怕错过时间赶不上参观大巴，车队成员特意起了个大早，以至于赶到这里时整个停车场都显得空空荡荡，唯有建在高高岩石上的浅黄色的旧天鹅堡静静相伴。

经过一番换乘、等待，我们按照票面规定好的时间，进入新天鹅堡内。这里的确有很多装饰成天鹅的日常用品，帏帐、壁画，就连盥洗室的自来水水龙头，也是唯美的天鹅形状。

国王起居室中有一张后歌德式的木雕床，由14名木匠花费两年的时间才得以雕刻完成，精致无比。房间里的窗户、床罩、椅背都是使用深蓝色的布料及金色的刺绣做成的。这不仅是国王最喜爱的颜色组合，也是巴伐利亚王族的代表，蓝金的搭配映衬得整个房间十分高贵且富有格调。

起居室旁是整座新天鹅堡内最不同寻常的房间，里面被打造成天然钟乳石洞，甚至设有小瀑布和水池。在瓦格纳的歌剧中，骑士汤豪舍就是天天在这座维纳斯的钟乳石洞里醉生梦死的。路德维希二世为了逃避现实，将这座"肉欲之洞"修建在起居室边上，任由自己沉浸在幻想王国。依我看，这位国王活得挺自我。他一生都在追求自己最热爱的事物，一步步把自己的梦想变为现实，虽然结局不尽人意，但也算不枉此生。

华丽的国王宫殿厅中，一座巨大的吊灯高高悬挂，金色的灯架上镶嵌着玻璃石头和象牙，像极了拜占庭的王冠。吊灯同时可以点上96支烛光，挂在天和地之间，象征着国王的位置。墙上的壁画大多是以瓦格纳的歌剧作品中的人物为主题绘制，每天都被无数游客欣赏，国王所钟爱的歌剧竟以他自己从未想过的方式得到了永生。站在厅中，我闭上眼睛，仿佛看见满屋的蜡烛同时燃起，听见悦耳的音乐萦绕耳边。据说，国王终生未娶，他只愿与表姑茜茜公主一个女人亲近，可对方却已贵为奥地利王后，此段感情根本无法修成正果。这座耗尽了国王心血设计的宫殿，最终没能迎来自己最重要的观众。

走出城堡，站在城堡外深谷中的玛莉桥上，脚下就是万丈深渊，还伴有轰轰的流水声。从这里望去，可以清楚地看到白墙蓝顶的新天鹅堡独自静立群山之中，石山之上，苍林郁野掩映，碧蓝湖水围绕。幽静的自然景色与新天鹅堡梦境般的外貌相互辉映。这真是不像一座凡间的宫殿，国王用自己的生命将童话变为了现实。

路德维希二世这个德国最不平凡的也是最受人欢迎的君主给这座城堡带来了浪漫与神秘。巴伐利亚人至今还称呼路德维希二世为"我们亲爱的国王"，而今他所建的宫殿和城堡成为了巴伐利亚旅游业的重要收入来源。

5.16　激情飙车路

95号公路是车队遇到的第一条无限速高速公路。德国人在不限速的路段会纵情狂飙，但他们恪守"纪律是自由的第一条件"，严格遵守交通规则，所以事故率极低。

刚驶入95号高速公路，刘萌就宣布车队取消编队行驶。同时提醒我们在不限速高速公路上行驶，如果速度低于130公里每小时，就会影响大巴和卡车的通行速度，可能被高速巡警赶下高速。

小北开车风格属于稳健派，我也不喜欢急驰的感觉，加上担心小三的状况，不想过于冒险，我们决定将速度设定在130公里每小时。对于血液中流淌着汽油的其他男队员们来说，在德国自驾最大的吸引力就是有机会尝试无限速自由奔驰，他们刚听到暂时取消车队编制的指令，立刻撒起欢来。一个个猛踩油门，全速前进，不一会儿"小三"就被甩得远远的。

轱辘这样记录属于他的激情时刻，"我很喜欢95号公路，它值得记录在我的驾驶历史中。男人都是崇拜速度和力量的，在95号公路，我第一次体会到了极限速度。我驾驶的这辆MG3SW已经行驶了近10万公里，从来没有机会把时速超过140公里。今天当它时速达到160公里后，我感觉它已经全力以赴了，但我打算继续压榨它的动力。我请瑞瑞帮我关注着转速表和时速表，而自己必须集中精力看着公路，专心感觉轮胎的抓地状况和车体的侧倾趋向。175公里的时速是MG3SW所能达到的极限速度，无论再怎么加油，它都无法再提速了。我创造的180公里的最高速是利用了一个下坡，全油猛进所达到的。若是把我们这一整车行李卸掉，180这个数字是可以突破的。"

除小三外，其他车子也都到飙到了170～180公里的时速。男队员们表示即使在这个速度仍会被很多汽车超过，德国人开车简直就是脱缰野马。小北却在一旁慢悠悠地表示，即使在我们以时速130公里行驶时，仍可超过不少车子，还是有很多德国人开得并不算快。

哈哈，小北和我又一次发扬了乐天派的精神。你们关注的是谁比自己快，我们反正也跑不过你们，干脆开心地数数以我们这个最低限速能超过几辆车。换个角度看问题，天天生活乐无边。

5.17 裸浴风波

黑森林边缘有条被叫作B500的公路，路旁可以看到黑森林标志性的冷杉林。B500的终点是巴登巴登。巴登在德语中是洗澡的意思，巴登巴登顾名思义就是在召唤着人们"洗澡吧洗澡吧"。这里是欧洲最典型的温泉疗养胜地。马克·吐温曾在这里泡过温泉，他用"10分钟你会忘记时间，20分钟你会忘记世界"来形容这里的舒适惬意。

此处泡温泉最吸引眼球的地方就是男女共浴。刘萌通过手台询问大家是打算一起去泡个裸浴还是仅仅在这个小镇上随意逛逛。刘萌还特别强调要去的卡拉卡拉温泉大浴池只有一楼允许穿泳衣进入，到了二楼就必须赤条条来赤条条去。

泡还是不泡？这是一个问题。单身的男士们无所顾忌地跃跃欲试，带着家眷的男士们一个个欲言又止。车队中的女同胞们对泡裸浴不太接受，所以不怎么积极响应。我倒是兴致盎然地想和小北一起去见识一下，无奈队中其他男队员也有意前往。关于泡裸浴这个问题，我的底线就是不能跟认识的异性同行，场面太过尴尬，所以我选择了自己在巴登巴登闲逛，让小北和其他男士一起去感受这古罗马的传统习俗。

开始时，所有男士都开玩笑说要去，后来不知别的车子里经过了怎样的讨论，总之，最终车队里带着家属的男士只有小北一人去泡了裸浴，队友们很惊讶我会大大咧咧地同意小北与其他洋妞"坦诚相见"。他们就是不相信我是真的不介意，让我有口难辩。不过真正了解我的人知道，如果我说没关系，那就是真没关系，如果我心里有一点点介怀的话，是绝不会委屈自己的。每个人是不一样的，如果内心真的介意此事的女生就千万不要装作无所谓，不愿意就要大声说出来。愿不愿意只是个人选择，没有对与不对，只需诚实面对自己内心的真正感受即可。

停好车子后，车队里的单身男士们纷纷表示能找个像我这样的老婆真好，已婚男人们私下好心提醒小北当着老婆的面还是要低调一下，女生们则隐隐暗示我要管得严一点。

　　"管住男人"是一件累人又不讨好的活儿。说实话像我这样的懒人根本不会想去管男人，况且想让你管的男人没有必要管，不想让你管的男人你也管不住。还是把精力放在自己身上吧，有时间多培养些生活情趣，多读读书，研究研究适合自己的服装搭配、妆容发型，可以做的事情太多了。现在养孩子都要讲求平等了，那么个大男人还用"管"么，还服"管"么？

　　把"管"换成"吸引"才更有效。不只是在谈恋爱的时候，即使在婚后双方也都要保持自己的魅力——我认为这是一种责任。当然，这里指的不光是保有靓丽的外表，还包括个人成长。这样对另一半的吸引力就会越来越大，还担心什么呢？若在漫长的将来真有任何变数，你已经成为了更好的自己，根本就没什么可抱怨的，反倒该向对方说声"谢谢"呢。

　　两个人在一起，若只顾盯着对方，不停地想去约束对方，这样的婚姻终会令人窒息，逼人逃离。不如张开怀抱，不去过分束缚对方，让两人拥有的世界变得更广阔。

　　当我们面临诱惑时，只需要一个统一的标准来界定自己以及伴侣的行为是否得当即可。"己所不欲，勿施于人"（同理心或换位思考）就是我和小北之间默认的标准：它指的是当在决定做一件事之前，若不知道这样做是否合适，是否跨越底线，就换位思考，想一下同样的事情如果对方做自己能否接受，如果可以坦然接受，那么就可以做。

　　这看似简单的方法却可以有效面对很多复杂状况。比如今天，若不是有同行的男士前往，我也会和小北一起尝试裸浴。人来到这个世界就是要体验新鲜的事物。在不影响婚姻稳固的前提下，多见识一点，满足下好奇心无可厚非，况且在这样的公共场所，根本无需担心。

说了这么多相处之道，若你还只是对于小北进入裸浴温泉大浴室后到底看见了什么无比好奇的话，我建议你亲自来一趟，毕竟百闻不如一见。

第六章 追忆往事 重新出发

尼采说，人的精神有三种境界：骆驼、狮子和婴儿。第一境界像骆驼，忍辱负重，被动地听命于别人或命运的安排；第二境界像狮子，把被动变成主动，由"我应该"到"我要"，一切由我主动争取，主动负起人生责任；第三境界像婴儿，这是一种"我是"的状态，活在当下，享受现在的一切。

6.1 首次入住汽车露营地

十几年前，我第一次到欧洲时，就对高速上不时飞驰而过的房车产生了浓厚兴趣。带着移动的家和最爱的人一起看世界，这种方式简直是承载了我当时的全部梦想。那时的汽车营地，对我来说绝对是充满魔力的场所。我纳闷到底是怎样的人才可如此任性潇洒，带着家到处游山玩水，随走随停。从外面看起来神秘兮兮的汽车营地，里面到底是什么样子的呢？

带着十几年前的疑问，我们奔向今晚的投宿点——法国南锡汽车营地。这次旅行安排了两个晚上的露营。一次是今晚，另一次是在激情冲天的银石赛道。

我们运气很好，今天天气非常棒。傍晚时分，金色的夕阳透过浓厚的云朵缝隙将万丈光芒洒向大地，迷人的景色让我们忘记了旅途的疲劳。我依偎在车窗边，像猫一样眯着眼睛，沐浴在太阳的余晖中。

到达南锡是晚上9点多，落日的余晖还没有褪尽，整个营地已是一片寂静。按照营地老板的指引，我们迅速找到自己的营位，没时间四处参观，趁着还有微光，赶快安营扎寨。我没有露营经验，幸好小北是个户外爱好者，他曾独自去过神农架大森林里探险，一人搭个帐篷什么的自然不在话下。

　　在天完全黑下来以前，帐篷搭好了。我钻进去一看，小小的空间里居然还有挂灯的地方，小北帐篷里系了一盏头盔灯，只需轻轻一按，就来到了电灯时代。小北拉开双层拉链，原本封闭的空间立刻又多了一扇自带纱帘的窗户，帐篷内的空气马上好了很多，一点也不闷热了。我从车中取出从家里带的被子、枕头，不出两分钟，一间温馨的小屋就布置好了。

　　不远处有公用的卫生间和淋浴室，时间不早了，我决定一切从简，匆匆漱漱口、洗洗脸便回到帐篷中酣然大睡。虽是人生头一次住在户外，我却完全没有不适应的感觉，熟悉的被子、枕头和躺在身边的人都让我感到十分心安，这一夜睡得很甜。

　　第二天起床后，我抓紧时间四处转悠了一下，满足自己的好奇心。南锡汽车营地坐落在河边，两岸绿树葱葱，河水清澈。露营的人可以在河里钓钓鱼、游游泳。营地内部有网球场、游泳池和儿童游乐设施等。整个营地有将近200个营位，每个营位都有供电桩和供水龙头。房车的加水、排污需要到一个专门的区域进行处理，一次收费两欧元。除了一条水泥铺成的主干道外，营地其它区域都是自然的树木草地，偶有一些碎石铺成的小路通向各个营位。

　　为了方便客人的不同需求，这个汽车营地提供三种不同的住宿方式：帐篷、房车、租赁房车。张老、张太由于年事较高，希望可以住得舒适一些，所以昨晚选择了住在租赁的房车里。他们租的小房车没有配备卫生间，结构是简单的小套间，里间只放了一张双人床和一个床头柜，外间有张小木桌、两个椅子以及简易厨房。

营地中，开着自家大房车的人明显最为滋润，他们在自家房车中的厨房里自制美味的早餐。即使是开轿车搭帐篷露营的人，也大多准备了便携式的烧烤炉，叮叮当当地准备起来。我们这支没有汽车营地露营经验的车队，只能请营地老板帮我们准备早饭了。

早上闲逛时，我见到一位看上去十分优雅的银发老奶奶，穿着米白色浴袍，神清气爽地从淋浴房走出来，自在得如同穿梭在自家客厅一样。一转身，回到房车上，便在悦耳的音乐声中，开始精心烹制起美味的营养早餐来。

尼采说，人的精神有三种境界：骆驼、狮子和婴儿。第一境界像骆驼，忍辱负重，被动地听命于别人或命运的安排；第二境界像狮子，把被动变成主动，由"我应该"到"我要"，一切由我主动争取，主动负起人生责任；第三境界像婴儿，这是一种"我是"的状态，活在当下，享受现在的一切。汽车营地中很多露营者的生活状态已经十分接近第三境界。他们自在地享受着与大自然的亲密接触，用简单的食材烹制可口的食物，在相对简陋的条件下依然可以自得其乐，无欲无求。

在初次体验了"天为幕、地为席、与星空作伴、听鸟儿歌唱"的汽车营地生活之后，我对接下来即将迎来的银石赛道狂欢露营夜更加期待了。

6.2 巴黎往事

"如果你足够幸运，年轻时候在巴黎居住过，那么此后无论你到哪里，巴黎都将一直跟着你。"——海明威

越临近巴黎，对于那里的回忆就越发清晰起来，像触碰了脑海中的某个开关，一发而不可收拾。最先让我忆起的便是巴黎的"味道"。很多城市对于我来说都有属于它们自己的味道，这些味道往往来自于一下飞机后的第一感受。

比如香港是充斥了快节奏的速食面味道，泰国则弥漫着佛教的檀香味，而巴黎的气味是咖啡与香水的混合，优雅而迷人。

我无法用言语来表达自己对这个城市的热爱，只需匆匆一眼，她已在我心中种下魔咒，成为我一生的牵绊，让我的余生不断渴望重回她的怀抱。如果可以让我选择在一个城市成长、恋爱、老去，那无疑就是巴黎。这里的女生举手投足都有着致命的吸引力。仅仅是走在路上的姿态就足以迷倒众生。沉肩、提臀、收腹，任何一样东西都可以成为她们独特的装饰品，如挽在手中的书，或是夹在指尖的香烟……真该建议国内的旅行社开展一条特色游线路，专门组织国内的女性来这里学习各种仪态。

由于沉迷于巴黎的美，2011年，我一人跑到这里学了三个月的法语。那时的我一个人去上课，一个人坐在塞纳河边背法语，一个人去买速含食品填肚子，一个人四处闲逛。

天气不好的时候奔向博物馆，一待便是一天。谈不上有多深的领悟，就是喜欢对着一件件旷世珍宝发呆。天气好的时候，巴黎大大小小的公园就是我最好的去处。带上一本书，选一处清净的角落，让阳光尽情洒在身上，在一个人的世界中品味孤独，与书本对话。

这样的悠然却略感寂寞的日子没过多久，鲁波就华丽丽地闯入了我的生活。鲁小妞26岁，个性火辣，莫斯科人，现任俄罗斯航空公司乘务长。我喜欢叫她"鲁鲁"。鲁鲁利用假期来巴黎学习一个半月的法语，然后就计划独自飞去加勒比海边晒太阳、看帅哥。她被学校安排与我同住一间双人房。

鲁鲁是个十分有原则的人，她崇尚"以彼之道，还施彼身"。谁要跟她蛮不讲理，她势必发扬战斗民族的精神奋起反抗；谁要是对她好，她也会掏心掏肺真诚相待。

我们房间对门分别是两间西班牙男生和墨西哥男生的宿舍。这两个宿舍里的人都有点不修边幅，喜欢开着宿舍门大声喧哗，还经常在半夜进行隔空喊话。鲁鲁先是对他们提出口头警告，没消停两天，又是一切如故。

一天晚上正在他们大声喧哗的时候，鲁鲁直接从床上跳起来，赤着脚冲出门去，跟他们大吵起来。先是用英语吵，不过瘾，后来直接升级用各自的母语吵，昏暗的楼道里充斥了各种听不懂的叫嚣声。我看苗头不对，便把鲁鲁拉回房间。对方是几个大男生，如果一时情急动起手来，鲁鲁可是要吃大亏的。

回到屋中，鲁鲁还忿忿不平，挥动着手臂说："明明是他们理亏！真是太没教养了。鑫，你知道吗，我们俄罗斯是一个经历过深重苦难的民族，对于我们来说自己的权益必须要自己去争取，坐在那里等别人给是行不通的。即使是女人也不例外，如果我们不强硬起来，就会被别人欺负。"

后来，鲁鲁通过宿舍的监控录像向学校检举了这几位经常半夜三四点才从夜店回来并借着酒劲儿在楼道里大吵大叫的猛男们。经过几番较量，与对门男生的战役以胜利告终，我们的住处终于清静下来。看来，这世界上到处都是吃硬不吃软的人。

这件事让我联想到三毛一段类似的经历。少女时期的三毛来到西班牙一个叫"书院"的地方学习语言。开始本着父母叮嘱的"处处忍让"原则，所有人的床她来铺，所有内务她来整理，每天有不同女同学来借她的衣服穿。后来，在一次恶意冤枉的事件中，她拼了必死的决心来发泄平日憋在心里的怒火，举起扫把到处乱打。结果当她把父母教导的那一套扔掉时，这些洋鬼子反过去拍她马屁了。看来，在这个世界，有教养的人在没有相同教养的社会里反而得不到尊重，而一个横蛮的人却能够建立威信。

对待无理之人像冬天般寒冷的鲁鲁，待我却如夏天般的火热。鲁鲁喜好吃，凭借当空姐飞来飞去的便利，基本吃遍了天下美食。她带着我一同开启了我俩舌尖上的探索之旅。

经过了几次尝试，法餐中的法式洋葱汤和烤蜗牛最合我的口味。这里的洋

葱汤较普通洋葱汤要来得香浓、厚实，可不是简简单单扔进几片洋葱就万事大吉。首先要用上好的牛肉汤作为汤底，加入白兰地做调味，再放入已经炒成褐色的洋葱和面包片，最后再在上面撒上磨好的干酪。若是饭量不大的女生，这一份法式洋葱汤喝下去便可有七八分饱。

法式蜗牛在我的心中一直是高大上的标志，到了这里才发现，其实这只是一道很平民的菜式，但的确十分美味。它的做法并不复杂，在蜗牛肉上刷一层奶油，把蜗牛肉与蒜、葱一起捣碎，拌上黄油和一些其他调料，再塞回洗干净的蜗牛壳中放在有六个圆孔的圆形铁盘内用炉火烘烤即可。吃蜗牛时需要配上专门的钳子和双齿叉，切记使用时不要因为心急而过分用力挑出。我当时就犯了这个错误，只记得绿色的酱汁从我这端划出一条完美的弧线，正中对面可怜的鲁鲁……

鲁鲁不只爱吃，她的酒量也十分了得。在用餐的时候，她经常会点上两杯，邀我陪她一起小酌。有一次，正值12月份，天寒地冻，我和鲁鲁溜达到香舍丽榭大街的露天圣诞集市中狂饮德国热红酒。几杯下肚后，全身立马热乎乎的。当时的我真心感到唯有朋友与美酒不可辜负。身边有鲁鲁，手中有酒，一切都那么美好，连平日里高高在上的巴黎也显得亲近起来……

6.3　夜游花都

Bonjour，巴黎，我又回来了！

协和广场还是一如既往地堵，埃菲尔铁塔还是扣人心弦的美，巴黎的女人还是那样的优雅自信，一切都如同我从没离开过。唯一不同的是，如今的我坐在挂有中国牌照的自家车里逛起了巴黎，这可是我从未想到的。

小北以前也来过巴黎，只是匆匆而过，连最著名的埃菲尔铁塔都没细细端详，只远眺了一眼。他说那时候就想着以后要和最爱的人一起游巴黎，才不会辜负这世界上最浪漫的城市。小北一直说自己嘴笨，但其实不善言辞的他有着文艺青年的情怀，属于典型的"闷骚型"。

停好车后，我驾轻就熟地领着小北来到了与埃菲尔铁塔隔河相对的夏悠宫广场，这里是观赏埃菲尔铁塔的最佳地点，既可看到铁塔全景，又可以躲开拥堵的人群，是我和鲁鲁当年一起发现的好位置。

夏悠宫高处的平台上有两座圆弧形的建筑，彷佛一双延伸的手臂将站在平台上的我们和铁塔一并抱住。平台下方有十几门水炮和一座壮观的喷泉。正对面的埃菲尔在白色喷泉水柱的衬托下显得更为娇媚。广场的一角，漂亮的旋转木马在不停转动。我低头看看自己的牛仔裤，真懊悔今天没有穿长裙。想象一下若是身着一袭及地长裙，跳上旋转木马，任裙角随风舞动，把不远处的埃菲尔铁塔当作背景，再配以身旁人深情的注视，这场景绝对值得回味一生。

晚上，MGCC法国主席菲利普先生邀我们一起吃饭，并提议饭后用MG老爷车带我们夜游巴黎。他安排了位于巴黎第五行政中心广场一角、以汽车旅游为主题的特色餐厅。为了我们的到来，菲利普先生特意去行政中心协调，让我们的车子停在广场上，一字排开。偌大一个广场，MG车队整齐停放当中，很有气派。

法国MG会员帕斯卡开来了一辆60年代的纯机械老爷车MGB GT，黑色锃亮，保养得不错。有趣的是，这款MG居然没有右侧后视镜，帕斯卡开玩笑说，大概是设计者认为不需要观察右后方吧。

帕斯卡先生今年64岁，风度翩翩、谈吐幽默。本人跟他的车子一样也保养得非常好，显得活力四射。另一位与我们共同进餐的克里斯蒂安先生，外型时尚，是法国MG俱乐部杂志的主编。这位主编先生的车是一辆MGA勒芒版敞篷跑车，黑得十分炫目，可以称得上一辆野兽级的好车，虽然50多年过去了，依然闪耀着夺目的光芒。据克里斯蒂安先生介绍，他分别购买了MGA的外壳和MGB的发动机，前前后后共用了四年时间才将所有配件购买齐全，加以组装后，创造了这辆属于他自己的MGA。我听后觉得十分惊奇，一旁的辖辘告诉我很多MG的车迷都会这样制造出仅属于自己的特定版。

晚餐吃了三个小时。十点钟时，菲利普先生大致画了一下接下来夜游的路线，表示我们只需跟上他们就行，不必过分拘泥于具体路线，因为他们也不一定完全按照这个路线走。

就这样，真正的驾车夜游开始了。瑞瑞和我都想尝试一下坐老爷车游巴黎的感觉，便"抛下"了轱辘和小北，分别跳上了法国车友的MGA与MGB。钻进古董老爷车，我看着复古车内的钢制方向盘，车外几百年不曾改变的街景，以及身旁银发的法国老绅士，真有时光倒流70年的错觉。

MGB排在车队的最后，帕斯卡和我必须要以超过车队其他车子的速度才

能跟上大部队。开始我有点担心这辆"老古董"的性能，不过帕斯卡马上就以事实打消了我的疑虑。这辆MGB开动起来，动力强劲，绝对老当益壮，速度一点都不输给他的"孙儿们"。

11点整，车队来到了埃菲尔铁塔前。铁塔突然闪烁出耀眼的光芒，吸引了所有人的目光。菲利普先生特意安排在这个时刻赶到，就是想让我们看到最美的巴黎夜景。整个车队沸腾了，张老兴奋极了，好像一下变成了十几岁的少年，身手矫健地攀上了轱辘

的车顶，双手叉腰，摆出霸气的造型，拍出与铁塔的经典合影。

可能是受到兴奋情绪的影响，车队一离开铁塔就乱了阵型。一个红绿灯后，领头车MGA不知去向。车队乱作一团，不知何去何从。帕斯卡带着我赶忙加速，冲上前。由于没有手台，我只得隔着玻璃（因为我这侧古董车上的窗户摇手已经变成了摆设，无法将车窗摇下）使劲向小北和轱辘招手，让他们赶

紧跟上帕斯卡的车子。对于小北来说，"迷路不要紧，老婆不能跟丢"，他不再去寻找原本带路的MGA，而是心领神会地紧紧跟在帕斯卡的MGB后面。

由于这些带队的古董车之间没有任何联系，无法知道各自的确切位置。结果，我们就很奇幻地上演了这样的一幕：车队里的车子分别行驶在不同的街道上，先后抵达了一系列著名的地标：如协和广场、巴黎圣母院、最美大桥等，但就是无法将车队重新组合起来。有的时候甚至可以看到驾车的队友隔着马路一晃而过，一个向东，一个向南各自开去；或是明明在同一个景点，却位于完全不同的方位，这混乱又富有动感的场景像极了法国电影里时常会出现的荒诞情节。更让人惊讶的是，最后所有人居然在同一时刻从不同的方向回到了酒店。

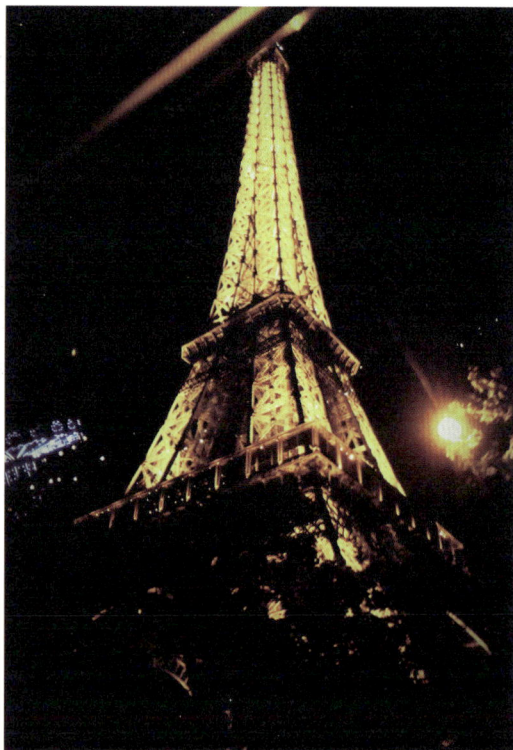

如此神奇的巧合，以至于现在回想起来，我都在怀疑那天的"巴黎夜游"到底是不是一场梦。

6.4 带上祝福，驶向英国

这是一个略带伤感色彩的早上，联络官许君荣和作家小饭即将按原计划离开车队。许君荣是从喀什加入车队的，一路负责联络各国地接社，协助各项沟通事宜。多日的相处，大家从陌生到了解。他知道我们是为梦想而来，虽然一开始，他只是为工作而来，但渐渐的，他也被这份梦想而感动，与我们一同欢笑，一同感悟，成为了我们真正意义上的队友。

在拥抱告别时，许君荣的眼眶红了，一向苍白的小饭更加没有血色。当我们像往常一样走下地库、发动汽车，许君荣仍一如既往地站在车外帮我们指挥。这时，小饭却消失了。后来我们才知道，小饭最怕面对面眼红的场面，所以在最后分别时刻匆匆躲开，一人跑到房间阳台上偷偷抹了眼泪。他自己站在阳台看着我们的车一点点移出车库，为我们每辆车的车顶都拍了照片。许君荣继续在电台里听着我们的路况联播，但随着距离越来越远，杂音就越来越大。他在做最后的告别，声音哽咽。

如今我们的车队只剩下4辆车8个人，这一路有不少新朋友加入，也有不少老朋友离开。我们每个人都害怕孤独，讨厌分别，因此更加珍惜在一起的时刻。分别，让我们更清晰地明白走到一起是多么不容易。这场旅行就像是浓缩版的人生，我们这些继续上路的人所能做的事情就是带上所有人的祝福，好好走下去。

车队沿着英吉利海峡继续北上，经过刚刚举行完70周年登陆大典的诺曼底地区，抵达加莱。在这个距离英国最近的地方，我们将渡过英吉利海峡，奔向彼岸。

辘辘在电台里兴奋地大喊："现在已经没有什么能阻止我们实现梦想了！"这次的行程，辘辘是总负责人，从最初的策划到最后的执行，他是付出心力最多的人。一路上，无论是有人生病、汽车故障、行程更改或是其他任何

的意外，轱辘都会首先跳出来想办法。此时所有的担心都烟消云散，2014年6月19日12点，仅仅经过了一个半小时的渡轮航行后，轱辘队长终于带领着我们登上了大不列颠的土地。

6.5 英国人何时变得如此热情

刚习惯了靠右行驶、左道超车的队友们，现在又要集中精力去习惯英国靠左行驶、右道超车的规则。幸好他们驾驶技术灵活过硬，没过多久，就熟练了起来。

我们在英国的第一站就是奔赴MGCC的老家，位于英国长桥的Kimber House，那边的工作人员和英国车友们已等候我们多时。当我们到达时，工作

人员乔治开心地迎了出来，带着我们参观了这座独立小楼（MGCC会员心目中的圣地），里面展示了各个时代、来自世界各地关于MGCC的纪念品。

我一眼就看见了可爱的MGCC吉祥物"笨鸡"（Benji）小哥的苏格兰裙装版。乔治看到我对这个小家伙情有独钟，立刻代表MGCC总部把它送给了我。一路上净看到轱辘抱着他的绿色运动版的"笨鸡"与著名景点各种合影，这下子我也有了属于自己的"笨鸡"，还是英国总部送给中国的唯一一

只呢，真是让我忍不住在心里偷笑。

除了这份礼物，MG老工人协会的会员们还准备了一份特别的礼物——一块红砖送给车队！这是在1980年MG位于阿宾顿的老工厂拆除时，工人们特意保存了其中的500块砖留作纪念，赠给我们的是其中的第190块。轱辘十分欣喜地将其收下，然后把车队特制的"一起开车去英国"的车牌作为回礼赠给英国总部。

此时，Kimber House的院子里停满了各式MG汽车，附近的MGCC会员们都赶过来欢迎我们这支远赴重洋来"寻根"的车队了。每一个人见到我们都像是见到了令他们骄傲的家里人，没有含蓄的握手，直接就是热情的"熊抱"。这完全不是我熟悉的英国人的做派，想必在他们眼中，我们已经完全被划入自己人的行列，因为MG的缘故，我们变成了"一家人"。

大家开心地谈论着一路来发生的趣事，糖糖兴奋地邀请英国MG车主们在他的MG6引擎盖上签名。见过太多英国人的严谨和漠然，今天这种热情如火的盛况让我大感意外。

第二天，我们来到了MG工厂，受到了同样热烈的欢迎。霍华德、费尔和马丁先生都在工厂里等候我们，工厂负责人还专门为我们举行了一个颁发了荣誉证书的庆祝仪式。

霍德华先生是MG的骨灰级粉丝，去年10月曾去上海访问过轱辘的MGCC中国部。费尔和马丁先生分别是MGCC英国分会会长和负责人之一。MGCC总部在得知我们车队组成后，特别委托他们三人负责联络、协调我们在英国的各种事

项。霍德华老先生特别热心，一直与瑞瑞进行邮件沟通，帮我们制定合理的英国行程，甚至根据我们的预算为我们推荐适合的酒店。当见到老先生本人时，瑞瑞特别开心，两人好像久别重逢的亲人一样抱在了一起，笑成了两朵花。

6.6　匆匆牛津行

霍德华老先生执意要下午亲自带我们去附近的牛津转转。牛津大学是许多人造访牛津的最主要原因，而霍德华老先生的提议还有另一层意义，因为那里也是MG的发源地。盛情之下，实在难却，况且有一位这样了解本地历史的老人带着我们游历这个充满传奇的地方正是我们求之不得的。

牛津大学有800多年的历史，是英语国家中最古老的大学。大学近似固执地保留下来了许多旧时仪式，比如在这里就读的学生无论是参加入学典礼，吃饭，还是考试，都需要系上白领结，穿上深色西装、黑皮鞋和学袍。每年的期末考试，学生除了西装革履，还要在胸前别上康乃馨。最后一门科目考完之后，考生的朋友们会在考试院的出口处向他们抛撒花瓣、面粉、奶油等以示庆祝。我个人倒是挺喜欢这种充满仪式感的传统。

这座闻名世界的大学由39个散落在城市中心的学院组成。大学与城市融为一体，街道从校园穿过。单车是牛津的主要交通工具，可以左穿右插，方便学生在四处散落的校区中自由穿梭。

徘徊于曲径通幽的牛津深巷中，我们感受着宁静的旧街古巷、斑驳的石板地、古老的石头墙、厚重的木门。我们也会尝试着去推其中的一些门，能推开的门内，大多是世外桃源般宁静的院落；遇到推不开的门，我们就会在脑海中想象着里面的莘莘学子，正手捧一杯伯爵茶和几片消化饼，专心地复习功课。

几个转弯后，霍华德把我们带到了Longwall街上的一栋红砖房子前，并掏出了一张明信片。黑白明信片上的房子与眼前的一模一样，这就是100多年前MG的汽车服务站，现在已经变成了学生宿舍。不过这里还是特意保留了一面大玻璃橱窗，里面陈列着当时Morris先生工作的照片，向世界展示着那段历史。

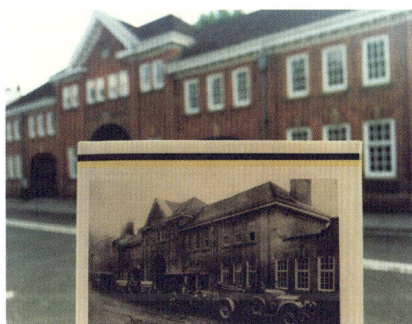

作为一个"哈利·波特"的粉丝，我很想去拜访牛津大学基督教会学院(Christ Church College)的餐厅，那是电影中魔法学院霍格沃兹的大礼堂，虽然在影片中用电脑特效增大了几倍，但餐厅本身古老与奢华的格调却已通过荧幕传遍了全世界。据

说，早期的牛津人对吃饭非常重视，学校规定，学生每周必须在所属学院的食堂吃四五次晚饭。吃饭甚至比上课还要重要。遗憾的是，车队中没有几个对"小儿科"的哈利·波特感兴趣，再加上时间也的确不充裕，我只得放弃寻找这个餐厅的想法。

短短的一个下午，逛牛津是绝对不够的，我想去逛逛蕴藏在St Gile大街

边的pub，在那里托尔金写出了《魔戒》；我想去摸摸科学史博物馆的地下室中，挂着的爱因斯坦推导宇宙尺寸的小黑板；我还想去看看Christ Church里《爱丽丝梦游仙境》里经常出现的小绿门，这些似乎都在等待着我以自己的方式去探索、去解读。只可惜，离开的时间到了……

6.7 汽车盛宴

2014年6月21日，这是一个值得纪念的日子，车队终于抵达银石赛道。

从牛津出发前往北安普顿银石赛道的路上，可以看到很多前来参加盛会的MG老爷车，它们一个个被擦得锃亮，养尊处优地安置在奥迪、宝马拉着的平板拖车上。当然，这些"太上皇"中也不乏要亲自上路跑一跑的。完全不同的我们，从不同的地方，抱着相同的目的，奔向同一个地方，这真令人心潮澎湃。

此时的银石赛道已经变成了MG的海洋，所有的MG按照车型划分，统一停放。我们的车队成了MG90周年庆典上的一件珍贵"展品"，各国的车友都会特意跑过来对我们说："我知道你们，干得好！"

大会主办方邀请我们集体驾车前往赛道旁的汽车竞技展示场做一个正式亮相。一切都没有事前准备，那时的我、小北和糖糖正同BTCC（英国房车赛）冠军车手Jason Plato一起做着交流活动，回答国内赶来的各种媒体的提问。

快速完成访问后，我们赶回自己的车上，在一片掌声中，驶入了竞技展示场。我们并没有什么可以展示的炫酷车技，仅仅是开着车子绕场两周，却依然收获了满满的掌声。场内主持人向观众介绍了我们后，一位穿着传统英式礼服的绅士走上前来，原来他就是MGCC的主席John Day。他不但对我们的壮举表示赞叹，还颁给了车队一枚特制的纪念牌。观众席上响起了热烈的欢呼声，我们顿时成了大家心目中的英雄。

从场上下来，我和小北都松了一口气，如同卸下了重任，随后就开始毫无

压力地四处溜达。从没参加过这样的庆祝活动，这里的一切，对我俩来说都十分新奇。停车展示区停满了不同年代的MG，每辆车子的车窗上都贴着车主为自己的爱车精心打印的履历，写满深情的语句，让人看后不禁为之动容。几乎每一辆古董车背后，都有一个或多个关于爱的故事。

阳光下，一位夫人静静地坐在自己先生生前最钟爱的MG旁，她把已经不在人世的先生和这台车子的故事、照片全部整理成册展示出来。一辆老车、一把椅子，夫人一坐就是一天。人已逝，情长存。

还有很多MG车子是爷爷送给爸爸、爸爸再传给儿子的"传家宝"。一位年近七旬的老人的爸爸曾是汽车修理工，从工厂中购买了MG汽车，这辆车伴随了老人整个青春期的成长。后来，他又驾驶着这辆MG认识了现在的太太，一辆车连结了一家人，像这样温情的故事在这里比比皆是。

赛场周围还有一些MG存量较大的现代车型二手车售卖点，价格低廉，大约从2千多磅到几万磅。继续向外走则是规模不小的旧货市场，只售卖与MG相关的物品，比如一些古董车的拆车配件和纪念品，虽然价格不菲，但很多都是绝版，别处寻不到。

小北和我逛得不亦乐乎，几乎忘记了时间。幸好我们今夜无需离开，就在银石赛道露营，可以尽情感受正宗的赛车文化。国外的赛车必然会伴随露营，

对观众来说，马达的轰鸣，一圈圈简单的重复，其实很容易乏味，以观看赛车为理由进行家庭聚会可就不一样了。大家可以看比赛，可以吃烧烤，可以聊天，可以卿卿我我。这样一来，看赛车就不仅仅是一次活动，而更成了一

种休闲生活。

下午5点，当我们想去安营扎寨时，却发现之前为我们安排的露营区已经人满为患。经验老道的英国车友早已扎营入住。我们不得不又一次麻烦MGCC的主办方帮我们落实新的露营场地。

在新露营场地附近，大多是开着豪华房车的车友。大型房车的一侧支出一个大帐篷组成客厅，厅的另一端停放着MG老爷车，厅内摆放三四把休闲椅、一张休闲桌和烧烤炉架。相比之下，我们的设备就太寒酸了，只有一辆小车和旁边支起的两人小帐篷。

热情的邻居送来啤酒，我们发现这邻居居然还带了不足一岁的小baby前来露营！宝贝十分乖巧，基本没有吵闹声。我心中不禁暗暗惊叹，这些父母真是太牛了，在国内的话，这么一个小家伙在家都可以把全家人累个半死，瞧瞧人家，已经开始享受起露营生活了。

到了饭点，我们走出营地，奔向主会场的音乐大棚。1000平米的白顶大棚内，一场英式摇滚音乐会已经开始，会员们可以在这里享用晚餐和啤酒。我们点了烤乳猪汉堡，配着脆脆的炸猪皮，特别香。吃饭的时候，我们发现了一款以MG汽车命名的叫作"the old speckled hen"（斑点老母鸡）的啤酒，这名字也真算奇葩了。出于好奇，我们返回经典车展区，居然还真让我们找到了编号4的那辆"斑点老母鸡"！它是1927年生产的一款轿车，车身使用了帆布，上面点缀了金色和黑色，仅供公司内部使用。后来，为了纪念MG 50周年，大家决定为MG定制一

款麦芽酒，结果就想起了这个奇怪的车名，然后世界上就多了这款奇怪的酒名。时至今日，在英国的超市里还是可以买到这款酒，而且据说还挺畅销。也不知道爱喝的人到底是爱MG呢，还是爱这款酒。

喝下这杯"老母鸡"酒，我变得有点晕晕乎乎，随着现场音乐的此起彼伏，隐约之间感觉头上的顶棚也开始旋转起来……

6.8 奔驰在银石赛道

早上，我被营地里各家房车中飘出的英式早餐的香味唤醒，煎培根、烤面包、烤肉肠、煮咖啡，各种瓶瓶罐罐的牛奶、果酱、蜂蜜叮叮当当演奏着活力四射的起床曲。英国人即使外出露营，也会打理好生活的每个细节，精致而有序。看着他们，我暗暗决定要用心对待今后的每一天，把日子过得简单而讲究。

不等我有太多感慨，小北便提醒我赶快洗漱，一会儿要去进行上赛道前的检录。对了，今天车队终于要登上银石赛道了！我的心情瞬间high到极点，能够在银石赛道上驰骋是很多人的梦想。这是当今全世界汽车赛事最频繁的赛道之一，当年第一场F1世界锦标赛就是在这里举行的。

半小时后，来到检录台，我们签下一纸协议。同一车内的驾驶员和乘客要签在同一行中，至于协议里具体是什么条款，我们完全没看，只顾开心了。签完字，工作人员在我们的手腕上系上了亮粉色的手环作为上场标志。

11点整，我们驶入等候区，除了我们之外，还有数十辆各个年代的MG汽车都在这里等候上场，我们的老熟人霍华德和他的MGA也在其中。坐在气派十足的MGA中，带着英式呢子鸭舌帽的霍华德看上去特别帅气，人也显得年轻了很多。

很多MG车主激动地邀请我们与他们的爱车一起合影。这些车主大多是拥有十九世纪二三十年代经典款老爷车的老先生们，其中有些是带着自己的孙子来参加这次的盛典，希望可以把MG作为一种精神传承下去。这些老先生们坐在自己的老爷车里，个个都显得魅力十足。为了配合老爷车的复古范儿，他们甚至会穿上翻毛的领子，带上有十足英伦风味的复古软呢帽，转瞬间"青春焕发"起来。对于他们，MG不仅仅是代步工具，更是青春的见证。

当我们夸奖他们的车子时，他们会骄傲地掀开机器盖子向我们展示车子内部的构造以及他们的个人改装部分，看到里面的发动机被保养得一尘不染，我惊奇不已。车主们笑着对我说，他们是用牙刷来清洁车子的。我疑惑地看着他们，完全分辨不出这是一句玩笑，还是事实。

作为第一支使用中国牌照奔驰在银石赛道的车队，我们的车子被排到了队伍的最前端。"小三"紧跟着冠军Plato的赛车领跑全程。奔驰在赛道上的我，希望此时的每一秒钟都可以过得慢一点，再慢一点，让我好好感受一下场边的呐喊。冠军从这里诞生，每一个弯道都凝聚过全世界的关注。在这场追赶阳光的旅程中，我们用车

轮跨越了7个时区，终于驶上了梦想中的银石赛道。这一刻，车队的每个成员都成了无冕之王，我们感到心满意足，别无所求。

6.9 寻找"康桥"

持续了两天的银石狂欢结束后，我们开始了真正的英国自驾。没有了任何向导和地陪，我们只能完全依靠GPS来领路。不过在英国，只需输入6位邮政编码，GPS就可以准确地把你带到想去的任何地方，完全实现点对点对接。

今晚，我们住进了密尔顿的一个私人小酒店。酒店前半部分是典型的英式小酒馆，后半部分是我们今晚住宿的地方。手中古老而巨大的铜制钥匙很有分量，与其说是开门钥匙，倒不如说更像是复古的装饰品。

放下行李的我们溜达到前院，刚才还没什么人气的桌椅上，此时已经坐满了喝啤酒、晒太阳的人。此时的太阳仍热力十足，但小镇里的英国人似乎十分享受阳光带来的温度。有事儿没事儿来一杯是英国人的日常嗜好。聊天时来一杯，吃饭时来一杯，约会时再来一杯。大白天不吃饭光喝酒，在我们看来有些古怪，但在这里却十分正常，大概是因为吃饭时过多的交谈不太礼貌吧。大多来这里聊天的人，都会选择单独点上一杯酒。等到了饭点，这些住在附近只是过来喝酒聊天的人便纷纷骑上自行车，回家吃饭去了。与家人共进晚餐，是欧洲人比较重视的家庭传统之一，除了超级大的城市，很多地方到了晚上都是黑漆漆的，没有什么灯红酒绿的夜生活。在舒适的屋子里，一家人围在一起吃饭、聊天、看书的场景十分常见。

第二天，霍德华老先生和夫人琳如约赶到酒店，一起陪同我们游览剑桥。霍德华老先生是剑桥大学的毕业生，虽然已经离开学校很多年，但故地重游的他看起来同我们一样兴奋。

老先生告诉我们创办剑桥的许多学者原本都来自牛津大学，牛津大学宗教色彩很重，甚至连校徽上都用拉丁文写着：上帝为我之明灯。当年很多学者受不了强烈的宗教氛围故而离开牛津，到另一处创建了剑桥大学。这两所古老的大学在办学模式方面非常相似。

我们拜访牛津时正值毕业季，到处是穿着学位服走来走去恋恋不舍的学子。今天游览剑桥则赶上了他们的迎新开放日，有很多高中生模样的人在学院周围到处穿梭，一派欣欣向荣的景象。

我们来到了康河岸边，老先生提前为我们安排好了船游剑河的项目，并执意为我们支付游船费用，几番推让后，我们只得接受老先生的好意。

木船是这座古老大学最著名的交通工具，剑桥的船被设计成平底、狭长的

结构，即便水位低于50cm时仍可行驶。古老的剑桥建于13世纪，当时这里的人们没有能力修建平整且不泥泞的道路，水路便承担起实际运输功能。剑桥河底铺满了鹅卵石，没有水草和淤泥，当水位非常低时，人们会将马赶下河拉船。

游船刚刚出发时，两旁大多是爬满青藤的红砖房，坐在船里的我们想象着诺贝尔奖获得者在房内伏案工作的样子。渐渐地，河面更加开阔起来，康河两岸垂柳婆娑，古老精美的建筑鳞次栉比、形态各异、趣味横生的桥梁令人目不暇接。

摇摇晃晃之间，我发现康河上撑船的人大多是年轻帅气的英国小伙，十分养眼，称得上是康河上一道亮丽的风景线。为我们撑船的这位帅小伙很健谈，他介绍说自己的父母就是剑桥人，但自己目前就读于曼彻斯特大学，暑假回家顺便来打打工。小伙子十分热情，沿着河岸，边撑船边为我们不停地介绍发生在这里的各种各样"与桥相关"的故事。

当我们划过位于皇后学院大名鼎鼎的数学桥时，小伙子告诉我们，传说这座数学桥是牛顿所造，全木搭建不用一钉，后来被一名好奇的学生拆开过，却无法拼装还原，只得使用很多钉子重新固定。当我们正为牛顿的聪明才智感叹时，小伙子嘿嘿一笑，补充道，这个传说最好听，却又最假，因为数学桥是在牛顿死后22年才建起来的。众人昏倒。

经过圣约翰学院的叹息桥时，小伙子又告诉我们，这是仿照意大利威尼斯的叹息桥建成的。威尼斯的桥连接着法院和监狱，而剑桥的叹息桥是学生从宿舍到考场的必经之路。每到参考之时，学生经过此桥，往往心情忐忑，叹息不已。

克莱尔学院桥貌不惊人，却是康河上最老的一座桥。桥左右两边各有7个石球。撑船的小伙子说，有些调皮的剑桥学生曾在这桥上用纸团做成石球的样子，看见有游客的游船过来，便虚张声势地将大石球（纸团）扔下，吓得船上游客纷纷跳水，学生们就在桥上哈哈大笑。什么？我没听错吧，世界级的学霸也会干这种事？这倒让我感觉，自己与剑桥学生之间的距离并不遥远。

见到了这么多有特色的桥，我最想知道哪座才是徐志摩心心念念的"康桥"？老实说，到了剑桥，就无法不联想到徐志摩。康桥，因为有了徐志摩，走进了中国文坛，为国人所熟知；而徐志摩，因为有了康桥，才找到了他的精神寄托。他写道："我的眼是康桥教我睁开的，我的求知欲是康桥给我拨动的，我的自我意识是康桥给我胚胎的。"

我们以徐志摩最爱的游船方式领略着他笔下康河的风韵，沿着他的足迹穿过了很多座桥，可徐志摩最爱的"康桥"在哪里？撑船的小伙子表示，在国王学院的桥西头，有块诗碑，写着徐志摩的著名诗句，那座有可能就是。不过，也有可能是刚刚经过

的克莱尔学院的"石球桥"或是"叹息桥"，其实这里并没有一座名叫"康桥"的桥。

见到我们脸上失落的表情，小伙子不好意思地挠了挠头，然后补充了一句，其实这里所有的桥都可以被叫作"康桥"，康河上的桥嘛。就在这时，我豁然开朗，其实今天见到那么多桥，徐志摩笔下的"康桥"真的可能并非单指康河中的具体哪座桥，而是指带给了他人生转折方向的剑桥大学。

不必再寻觅，"康桥"就在这里，而我们就在"康桥"。

6.10 约克：错过的"肉铺街"，错过的下午茶

"约克的历史便是英国的历史。"——乔治六世。

约克建于公元71年，相当于我国东汉年间。最早罗马人在此建造堡垒用于防御，君士坦丁大帝在公元306年时在此登基。

我以前来过约克，很喜欢这座城市。一走入约克，宛如按下了老电影的播放键，进入了另一个时空。这座城市最著名的古城墙最初修建于君士坦丁大帝统治的时期，呈正方形，以约克大教堂为中心建造，长达5公里，至今仍保存得十分完好。对我来说，它最大的好处就是离市区很近，站在城墙上就可以欣赏约克城的风光。

不知是何原因，也许由于过于古老，这里一直被称作全英国最大的鬼城，流传着很多吓人的传说。我从小就是一个既怕鬼又对鬼怪有着无比好奇心的矛盾体，很想拽着小北夜探鬼城，同时心里又怕得不行，思来想去拿不定主意。

小北在一旁看着我抓耳挠腮的样子，感到十分好笑。他故弄玄虚地对我说，刚才看到了一个带着圆顶黑礼帽、穿着黑斗篷的老者站在树下一动不动，与整个环境很是不搭，有可能就是…… 那个人我

其实也看到了，还顺手照了下来，现在想想的确古怪。我赶忙拿出手机，相片里出现了"怪爷爷"的样子，照片的右下角还有一块告示！把照片放大后发现告示上写着"夜探鬼街领路人"。约克人还真有创意，竟有如此的夜间游乐项目。可惜我们已经错过了出发时间，赶不上"怪爷爷"的队伍了。

　　"怪爷爷"的出现更加激发了我对夜探约克的兴趣，另外我还想去找找那个传说中的"肉铺街"，一条对于约克乃至英国都非常具有历史意义的街道，大概在1086年就有了。当年整条街上都是卖肉的铺子，所以得名"肉铺街"，听说如今"肉铺街"已经洗去了往日的杂乱与腥臭，成了一条美丽的商业街，街上的店铺会出售一些礼品和非常有意思的小玩意儿。"肉铺街"吸引我的原因很简单，因为它是小哈利·波特第一次进入到神奇魔法世界的入口——对角巷的原型。书中的狭窄小巷到处都是神奇的物件，我想去转一转，即使买不到充满魔力的物件，拍张照片留作纪念也蛮开心的。据说现在的"肉铺街"道路依然像以前一样狭窄，房屋越往上盖就越往外扩，因此有些房子的顶楼甚至可以隔着街道握手，很有特色。

　　可惜兜兜转转，我们并没有找到这条街，倒是发现了一间贝蒂茶屋（Betty's Tea Room），据称可以喝到英格兰北部最好的下午茶。可我们早已错过了喝下午茶的时间，加上刚吃过晚餐，肚子还很胀，想大吃一顿不太现实，我便撒娇地要小北买来一块蛋糕，两人分享起来。

　　对于每个喜爱精致生活的女生来

讲，下午茶远不止是享受美食这么简单，它代表着一种生活态度，一种品味，一种优雅而闲适的状态。我和很多闺蜜都在家里收藏了整套的英式茶具和下午茶的糕点托盘。即使一人在家，只要有时间，就会在下午时分，将漂亮的三层花式托盘、镶金边的茶碟，和精致可口的小点心一一摆放好，伴着斜阳享受一段美好的时光。此时若再有好友相伴，就会更为讲究，按照英式下午茶的摆放顺序，在三层塔上依次放好迷你三明治（最下层）、司康饼（第二层）和蛋糕（最上层），再配上加入了新鲜柠檬片的伯爵茶一同享用。

有些人会认为这太矫情，都是些没用的事情，但这就是我们女生喜欢的状态啊，我们就是喜欢被美好的事物包围，喜欢生活中增加一点仪式感。既然这些并不复杂的小事情会给我们带来幸福感，何乐而不为呢？若是把生活中所有的事情都按照"有用""没用"来进行划分，只做有用的事情，那将是一种多么乏味的人生。其实，往往都是些看上去不那么"有用"的事情才会让人感到内心充满幸福。

此时的我一边品味着自己的"小小幸福"，一边靠在小北的肩上。暖黄色的路灯将我们的影子拉得很长，刚才害怕的感觉荡然无存，唯有一片温馨、静谧。

6.11　湖区：看看书　发发呆

湖区是英国人最喜欢的度假去处。一路风尘仆仆的我们，终于转换到了度假模式，可以安安静静在湖区最大的温德米尔湖边小住几日。

瑞瑞在网上帮我们预定了一家非常复古的湖边酒店。大家住在同一层，每间房都有面朝湖面的观湖平台。这里幽静宜人，非常适合发发呆、看看湖、再发发呆、再看看湖。

酒店的装潢十分考究，价格不菲，入住的大多是上了年纪的老先生和老奶奶。在欧洲，基本上越贵的酒店就越难看见年轻人，豪华跑车也都是时髦的老爷爷在开。年轻人若是想去看世界基本都会选择"穷游"的方式，边走边打工，住住青年旅社什么的。年轻的时候不会太在乎什么物质条件，只想着多走走多看看，让自己"fun"（有趣）起来。但人到了一定的年纪，有了一定的资本积累后，对舒适度的要求也就高了起来。这些老爷爷老奶奶们辛劳了一辈子，终于有钱有闲了，只要身体还过得去，就会赶快抓紧时间好好享受。

糖糖发现住在酒店里的老人们并不爱到处逛，就喜欢抱本书在阳台上一看就是一天。见此情景，糖糖有些不解，觉得老人家花这么多钱来住这么贵的酒店，对着如此美景，怎么就知道整天低头看书呢，书哪里不能看？窝在家里看不就行啦，难道在舒适美好的环境下看书，对内容的理解会有所不同？

我也爱看书，尤其纸质书，喜欢手指触摸页面发出的"沙沙"声。读一本书就是进入到作者创造的世界，任由自己沉浸其中，跨越时间与空间的距离与作者进行精神交流。在家中读书，往往会被各种琐碎事打断，不能尽兴，若可以躲进这样的一处幽静所在，捧上一本喜欢的书读上一整天，绝对是人间美事。这些老爷爷、老奶奶们已经没有太多的精力四处游荡，或是已经见过太多相同的风景，可在书的世界里，他们可以变身为他们想成为的任何角色，重新潇洒走一回，感受另一种畅快淋漓的人生。这能让他们忘记衰老，再次焕发出青春的活力。

我们在湖区的日子过得十分悠闲。由于没有具体安排，天天睡到自然醒，然后便开车四处逛。湖区的行车道狭长美丽，多弯路。满眼清爽的绿色，虽不是翠竹，却让我联想到卧虎藏龙中的碧绿竹林。其间有许多剃了毛的小胖羊，壮壮的，因为没毛，看起来有点像小猪，令小北不禁感慨"花钱做发型竟是如此重要"。

车子一直沿着离温德米尔湖最近的小路开，湖面时隐时现。英国一名摄影师称，英国不只是苏格兰的尼斯湖有水怪，就在我们眼前的这片温德米尔湖里也曾拍到过水怪。淡淡的湿气笼罩在湖面之上，的确像是随时都会有东西从水面钻出。

这里自然风光未必比国内好，但它最大的优点就是人少，可以让来到这里的人真正静下来，得到身心的彻底放松。

6.12 利物浦：披头士的故乡

为什么要来利物浦？如果只能选一个理由，"披头士"三个字，足够了。

十几年前，我买了第一本，也是最爱的村上春树的一本书——《挪威的森林》，其书名便是来自披头士乐队的"Norwegian Wood"。一次收拾房间，无意间发现了两本一模一样的《挪威的森林》，询问之下才知道这本书竟也是小北当年的最爱。我俩几乎在十几年前的同一时间买了同版发行的《挪威的森林》，并且一直保留至今。这一发现让我俩都吃了一惊。恋爱中的人总是爱寻找彼此的共同点，看到了许久以前我们就有如此相同的嗜好，两人不禁莞尔。

如今，有机会一块去探访披头士的故乡，无疑是对我们过去青葱岁月的一

个最好纪念。细雨蒙蒙之下，我俩不紧不慢地走向靠近利物浦的艾伯特码头（Albert Dock）的披头士博物馆（The Beatles Story），丝毫没有理会落在身上的雨滴。

艾伯特码头被列入世界遗产名录，是利物浦最有活力的地方。在红砖墙建筑群围成的码头内港里，众多被漆成橘红色的柱子给这座建于20世纪的码头和这阴沉的天色平添了欢乐的调子。码头周围遍布着各色的酒吧、餐馆和博物馆，其中一角还停放着一艘颇为豪华的老式帆船作为装饰。在这里喝杯咖啡看看往来渔船和细雨中的大海倒是不错的休闲选择，不时驶过的船只提醒着我们这座港口城市曾经的繁忙与辉煌。

外面下着雨，来披头士博物馆参观的人不多，小北和我可以尽情在此撒欢。我俩在装扮成当年披头士演出的酒吧街即兴上演了一把舞女和醉汉调情的场景，然后钻入明亮的黄色潜水艇中大声哼唱着yellow submarine（黄色潜水艇），坐进披头士当年飞往美国的飞机机舱幻想与他们一同奔向辉煌，甚至还跑到了披头士成员的卧室中休息了片刻，其间披头上的经典歌曲始终不绝于耳。

伴随着多样化的参观体验，我俩重温了乐队的4个人从第一场演出到散伙的全部经过。整个游览过程十分有趣，看得出制作方的良苦用心。

参观了博物馆后的我们还不满足，听说披头士早年在利物浦演出过192场的洞穴俱乐部（Cavern Club）就在附近，那里至今保持着最初的风格，依旧是利物浦重要的live（现场）酒吧。我们决定等到晚上去一醉方休。

22点左右，我们邀上了瑞瑞、轱辘和糖糖一同去"重温经典"。在每人付了3英镑后，我们一行人深入地下。这个地方在成为酒吧之前曾做过战时的防空洞，后来是储存鸡蛋和蔬菜的仓库，里面的布置跟"豪华"二字完全沾不上边，不过座无虚席，连站着的位置都不好找。

眼前的舞台与白天我们在博物馆里看到的仿真舞台一模一样，此时台上

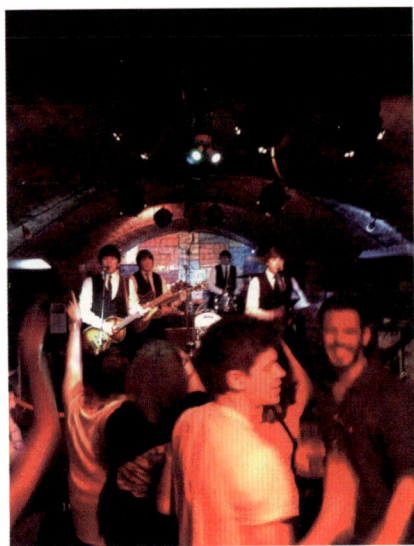

有个人正独自弹唱着披头士的歌曲。场下听众入迷地听着，一同哼唱着，鼓掌喝彩。

来这里听歌的人年龄层跨度很大，年轻点的选择了靠舞台近一点的地方，年纪大的选择了靠后一点的位置。披头士真是一支传奇的乐队。从成立到解散仅仅用了十年的时间，但他们的歌声却影响了不止一代人。

一会儿，舞台重新上来了4个模仿披头士的歌手，他们无论是从服装还是动作上，都演绎得惟妙惟肖。一曲 Hey Jude，瞬间引爆全场，大家都跟着大声唱起来。这种气氛让人感觉即使不会唱都一定要跟着调子哼上几句。

啤酒喝了一杯又一杯，身子随着音乐摇摆又摇摆。突然，一个大汉挤到我面前狂扭起来，我略带尴尬地侧了侧身，他看我没什么回应，便一把搂过了旁边的小北拥抱起来。当时我真担心这位大汉会不会激动地抱着小北亲上一口，而辖辘则一直担心前面几个十分丰满、疯狂扭动的女人会激动到把衣服都脱了……

幸好直到我们离开，场面还没有失控。回到地面时，发现Cavern Club门口还有人在排着队等待入场。从这帮人身边经过，我们可以想象到后半夜的气氛一定更为火爆。

6.13 再见，我的利兹

几年前，我离开利兹的时候觉得这辈子都不会再回来了，可现实是我不但回来了，还开着一辆中国车回来了！真的不得不承认，有些时候，真实的生活比小说还要精彩。

小北在最初制定行程时，就执意要陪我回到利兹看看那个我曾经学习和生活过的地方。这就像人们常说的那句话"走你走过的路，看你看过的世界，补上你之前我没能参与的人生"，小北把这句话付诸了实践。看到他坚定的眼神，我怎么可能说"不"呢。就这样，在这个阴雨蒙蒙的早上，我俩暂时脱离车队，开着"小三"独自奔向利兹。

驶入利兹后，我第一次发现这座城市怎么像被火烧过似的，大多建筑都是黑兮兮的，以前我待在这里的时候怎么没有发现，难道是因为总宅在屋里的缘故？

小北先是按照地图所示，把我带到了"三一中心"，一个新建的集餐饮、娱乐、购物于一身的大型休闲场所，我们在这里吃了英国有名的NADOS烤鸡。看着这个热闹、现代、便捷的新建筑，我的思绪完全没跟上。这根本不是我认识的利兹，那时这个庞然大物般的"三一中心"根本不存在。我莫名排斥起了这种现代化的推进，觉得它欺骗了我的记忆，心中不免升起无限惆怅。

饭后，按照导航，小北直接将车子开到了利兹大学的商学院，这下我才终于意识到自己是真的回来了！我爱死了这座外表看起来很有历史感，像个古老教堂，可内部却舒适、明亮、现代的教学楼。我大部分的研究生课

程都是在这里完成的。学校现在已经放假，教学楼内虽不能随便进入，但像现在这样只在外面逛逛，就很好了。对过去的追忆，适度即可，留有些怀念的空间反而更美。

此时，空中应景地下起了小雨，商学院的草地上空气格外清新，牵着小北的手，我穿过了这片熟悉的草地，穿过了建在一旁陡坡上我们经常上大讲座的单层建筑，按照记忆中的路线，走向我过去的住所。

一路上，我不时向小北介绍着身旁一座又一座的建筑，这边是我经常来影印资料的地方、那边楼里的咖啡十分可口，随着我的话语，过去的点点滴滴渐渐浮现在了眼前。小北并不插话，只是微笑地默默听着我的"碎碎念"。

一会儿，我们走到了学校的另一侧大门，我的住所就在大门旁图书馆的帕金森大楼（Parkinson Building）对面。看到暗白色的帕金森大楼，我忍不住走上前去，伸出双手摩擦着它的墙壁。这座楼承载着我对这座城市最深的记忆，每每忆起利兹，帕金森大楼必是首先出现在我脑海中的画面。那时的我天天都可以从房间的窗户看到这座雄伟的白楼。我的房间甚至不需要任何计时工具，只要抬起头，白楼上的大钟就可以告诉我现在是几点几分，像是专门为我而立在那里一样。当我彻夜苦读时，当我笨拙地翻炒着锅里的青菜时，当我开心地收到全优的成绩单时，它都静静地陪着我，看着我一点点成长。

走过马路，费了些力气才找到了我曾经寓所的楼门。过去有些斑驳的白色大门现在被漆成了艳红色。我正望着大门发呆时，门从里面被打开了，有人出来。

　　小北示意我拉住大门，进去看看。我摇了摇头，"这样已经很好了，谢谢你陪我走了这么远来到这里。我来，只想和过去做个告别，仅此而已。"

　　过去只是用来告别的，不必执迷；未来就在我的眼前，务必珍惜。明白这一点就足够了。我的利兹，再见了！

6.14　Castle Combe：被时光遗忘的最美山村

　　通往Castle Combe的路非常梦幻，极其狭窄。两边的灌木几乎扫到了车身，穿行其中，颇有爱丽丝梦游仙境的味道，我甚至觉得，似乎随时都会有只兔子跳出来，对我挤挤眼睛，来一句："Follow me！"（跟着我！）然后就扭扭屁股，领着我们的车子冲进丛林深处。

天依旧是英国式的阴沉，还时不时下点小雨。在这样的天气下逛逛古老村镇颇有意境。Castle Combe 是英国保存最完好的中世纪村庄。村子建在山谷里，全部是十四、十五世纪的建筑，由天然石材筑成，单层或是双层的石头房子紧紧相连，坐落成排。相信从这里走出去的村民，无论多久再回来，都可以顺利找到回家的路。在这里，感觉不到时间的流逝，一出门、一转身，几个世纪便过去了。

村子里家家户户都装饰得非常漂亮。院子里种着花，窗户上摆着花，墙壁上吊着花，门上挂着花，以至于你禁不信会怀疑，在这里，若是不用花来布置住所，是不是就会被邻居嘲笑。花虽多，给人的感觉却不是那种流于表面的繁花似锦，而是独有一份清高、孤傲、与世隔绝的迷人气质。山林、绿树、古屋、小桥、流水、野鸭，听起来没有任何特殊之处，但身处其中，你就会被这里的氛围震慑，不敢大声喧哗，生怕打扰了这几百年来一成不变的宁静。

村中心有一小块空地和一座由石头砌成的亭子，由此辐射出去了几条路，通向村子各处。除了偶遇一些游人外，本村人并不多见。

小北和我在一条主路上反复走了两遍。很多石头房子的窗户都朝向街面，访客略弯腰便可通过窗户一探屋内究竟。我出于好奇，随意地把脸贴向离我最近的一面窗户，想看看这古老的房子内是否也同样历史感十足。

这是客厅的一扇窗户，厅里放着红棕色的毛绒大沙发、深色木质茶几、老式电视机、咖啡色皮质单人沙发，单人沙发上还有……还有一个老爷爷正瞪着我！我赶快缩回头，红着脸拽上小北飞一样地逃走了。此时的我就像一个不速之客，企图偷窥别人的秘密，结果被抓个正着。换个位置想想，若是自己坐在家里，天天都有好奇的游人扒着窗户看来看去，还真是令人讨厌呢。

让我感到奇怪的是，这个名声在外，被称为"最美山村"的古老村落，怎么能够静静地保持原貌，让过去的村民就这样一代一代不受打扰地继续居住于此呢？这简直是奇迹。若在国内，肯定早就被改成热门旅游景点，为了招引游客，房屋外部的样子兴许还能保持，但内部早就面目全非，尤其是临街的房子，肯定早已被改为兜售纪念品的小店了，令前来游览的人乘兴而来、失望而归。然而生活在这里的村民似乎完全不被外界影响，始终自顾自地，悠然生活在此处，一切从未改变，一住就是几百年。

稍早一些到这里的瑞瑞告诉我们，这边完全没有什么商业气氛，不但教堂里的明信片是自取自付的，即使在充满了家庭氛围的蛋糕店里，也是看不到店主，仅在桌子上放着各式蛋糕，标明每个两磅，然后随意放了个钱罐，无人看管，感觉十分神秘。这座被时光遗忘的山村有着许多令我们感到疑惑的地方。神秘之美，也许这就是Castle Combe最大的魅力所在吧。

6.15 这不是结束

再长的旅途也有到达终点的时候。

抵达伦敦意味着万里征程接近了尾声。在伦敦的这几日，我一直沉浸在离别情愁之中，这种情绪配上不知何时才能结束的蒙蒙细雨，使得我的眼睛几度湿润。小北在一旁告诉我，终点不过是另一个开始，而现在仅仅是一场序幕的结束。

7月1日——与大家说再见的日子。我们将在伦敦东北面的费力克斯托港口办理车辆海运。之后，大家各奔东西。轱辘、瑞瑞、糖糖乘飞机回上海；张老、张太飞往德国，继续度假；小北和我飞往南法的普罗旺斯开始真正属于我们的二人世界，当然，那又是另一段故事了。

这天，我们的老朋友霍德华和一些MGCC的英国会员开着他们的MG老爷车热热闹闹地来给我们送行了。与他们的聚会安排在了距离港口不远的Kerridges，一家有些年头的老店，主要经营Noble、TVR这两款小众跑车。不像脍炙人口的法拉利、兰博基尼之类的超级跑车，这是只有少数汽车发烧友才知道的两个牌子。当然，这家店同时也是MG最早的门店，所以才会安排我们在此聚会。

Kerridges是经营了三代的家族企业。在MG最不景气的年代，这家店的拥有者凯里其斯父子依靠销售售卖Nobel、TVR和一些二手车把生意坚持了下来。现在的老板斯蒂芬·凯里其斯表示MG是他们三代人共同的梦想。

店里的院子停了七八辆来参加聚会的MG老爷车，有些车主带来了自己的孙子、孙女，想让他们见识一下来自中国的"英雄车队"。大家一起喝喝咖啡、吃吃饼干、互赠礼物、相互试开一下车子，很快就到了要出发去港口的时间。车友们不想这么快跟我们告别，几位老先生决定开车陪我们一起去港口办手续。就这样，几辆由中国人驾驶的中国车子和几辆由英国老绅士驾驶的老爷车组成了最抢眼的车队，浩浩荡荡向港口开去。

到了港口，在大家都忙着办理手续的时候，张太悄悄把我领到一旁，语重心长地对我说："快分开了，有几句话想跟你聊聊。你是个可爱的姑娘，有时候有点大大咧咧。你的先生跟你很互补，他不但对你很好，并且还是个很细心的人。就比如刚才你光顾着看那些老爷车，根本就没发现自己的脚就在车轮下。那些人在那里试车，车子稍一挪动，你的脚就会受伤。幸好你先生注意到了，把你拽开。你只顾看车子，连他为什么拽开你恐怕都不知道吧。一路上有好多这样的细节，你没想到的你先生都替你想到了。要不，你恐怕就不能这么完好无损地站到这里了。小北真是个好小伙子，你以后要多体贴他一点。记住，即使是从天而降的缘分也需要好好珍惜。过一辈子靠的就是相互照顾，相互体贴。"

听完张太的话，我脸上有些发热，下意识转过头去看着远处不知情却冲我笑得无比灿烂的小北。连续几天阴雨的天空突然开始放晴，一道阳光透过云朵斜斜地照在小北和我的身上，一直延伸至远方。

最值得被珍惜的人一直在身边，这是实实在在的幸福。两个多月来，小北和我每天穿梭在不同的城市，感受着多种多样的文化，与各式各样的人进行交流。过去认为不可能做到的事情，在小北的鼓励和支持下，我一一完成；在这个过程中，小北也不断向自己的极限挑战，成为唯一一个仅凭一己之力全程掌舵的队员。他体内这种坚韧的力量同样影响着我，在不知不觉中激励我一路向前。也许路上点点滴滴的记忆会随着时间的流逝一一淡化，但我相信最终沉淀下来的东西会深入骨髓，伴随我们一生。

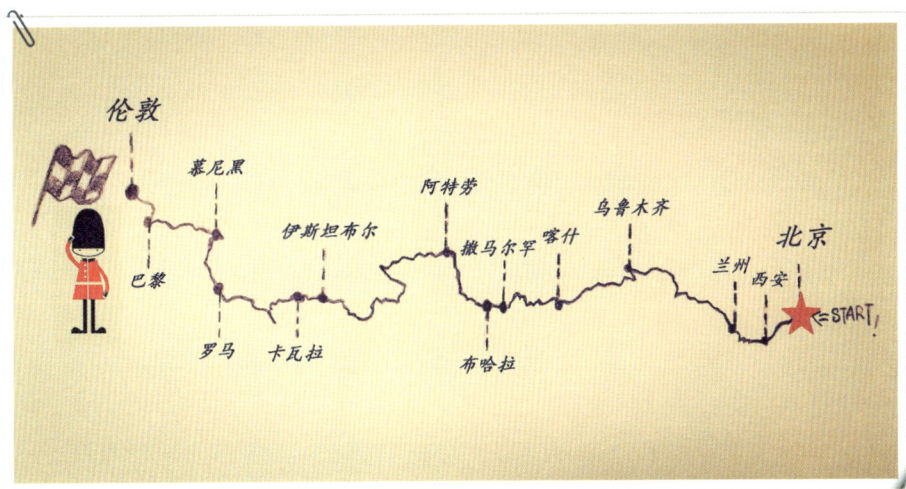

附

写给即将出世的"小西瓜"的一封信

嘿，小西瓜！

首先，请原谅我没有想到一个更为高大上的名字来称呼你。其实，在这之前我是一直喊你"小小笨"的（因为私底下，我通常喊你爹"大笨"，你爹喊我"小笨"，所以你就自然成了"小小笨"），但我俩属实担心万一你没你娘我这么冰雪聪明，长大后怪罪于我们给你起的这个笨名字，那我和你爹岂不成了罪人？！反正看你现在的样子圆溜溜的，的确像个小西瓜，本着实事求是的态度，暂且叫你"小西瓜"吧，应该不会出什么大错啦！^_^

看着你一天一天愈发有劲儿地在我肚子里横冲直撞，让我越来越清楚地意识到你的到来将很大程度上改变你爹和我今后的生活。你娘我为了感怀过去并表达对你——这个家庭第三成员到来的重视，特此撰文一篇，以示纪念。

小西瓜，你娘是最怕被束缚的射手座，是个爱自由的浪漫分子。在你外婆宽宏大度的庇护下，任性地生活了很多年。从英国的金融到法国的时装设计，随心转换。游走在世界各地去追寻那个未知的自己，中途遇上你爹，他支持我天马行空的想法，也从不要求我做任何改变，自此两人共同携手，闯荡江湖。

得知你到来的消息那天，我们正在一片红色、几乎寸草不生的印第安人保

243

留地里，也就是号称地球上最像火星表面的神奇地带Monument Valley撒欢玩要呢。本着最大限度消灭行李重量的原则，你娘我使用了一支验孕棒，结果你就以世界最强音的姿态横空出世，瞬间秒杀世间一切奇景。

"小西瓜"，你是个结实的孩子，乖乖地在你娘我的肚子里，与我们共同穿越魔鬼花园，徒步悬崖峭壁，并坚持完成了横跨美国66号母亲之路的征程。你的出现，也让我从此真正地踏上了"母亲之路"。

在孕期初始，我并没有像其他孕妈一样狂吐不止，只有一样让我觉得很不适应，就是原本觉得很可口的西式美食突然变得难以下咽。只要吃不到正宗的中餐，我什么都不想吃。那时我几乎委屈得想要哭出来，觉得对不住小西瓜，怕不能保证给你所需的营养。最终为了迁就小西瓜你这个纯正的中国胃，我们决定尽快回国。

回来的日子里，你会固定在每天早上五六点钟，在我的肚子里打上一套军体拳。每次被你的飞腿踢醒后，我都会自己溜到客厅的沙发上，晾出整个肚皮和你玩一会儿，美美地享受着只属于咱们娘俩的二人世界。看着肚皮一会儿被你撞成左歪肚，一会儿又被你顶成右歪肚，就觉得特别好笑，好像自己成了拥有特异功能的变形人。我很喜欢去摸那些突然鼓起的地方，你呢，就好像是同我玩捉迷藏，在我手掌的抚摸下，悄悄地收回刚刚的动作，然后猛地一下，再次发动出击。对于我来说，这绝对是世界上最有趣的互动游戏。

到了怀孕的中后期，身边的人都说我愈发傻了起来。对于这个说法，我可不服气。因为我知道我只是把有限的注意力转移了而已。比如，我完全可以感受到自己身体的防御机能在短期内得到了迅速提升。你娘我从一个平常走在马路上都能撞到电线杆的冒失鬼，进化成了随时眼观六路、耳听八方的战警。只要四周有任何风吹草动，就会本能地在第一时间护好肚子。大自然赋予母亲的这种神奇力量可真是令人惊叹呢！

我现在的体重已从105斤长到140斤；鞋子从36码、37码长到39码、40

码。拖着庞大、笨重的身躯，干点什么都觉得十分吃力，但即使是这样，一想到只有我一个人能感知你的日子就要结束了，心中还是挺不舍的……

　　小西瓜，现在还是蛮难想像你出生后，我们的生活将变成怎样一幅画面……第一次当妈妈，没什么经验，请你多多配合！让我们一起努力，共同成长，长成令彼此都骄傲的样子吧！加油加油！期待你的回信！（也许是十年以后吧）

小西瓜的妈妈：八金半

2015.7.6